向着温暖的方向

铃兰 著

字里行间，总有一段话，温暖你；
总有一段情，感动你。

TO THE DIRECTION OF WARMTH

远方出版社

图书在版编目（CIP）数据

向着温暖的方向 / 铃兰著. —呼和浩特：远方出版社，2016.11
ISBN 978-7-5555-0795-6

Ⅰ.①向… Ⅱ.①铃… Ⅲ.①散文集—中国—当代 Ⅳ.①I267

中国版本图书馆CIP数据核字（2016）第298761号

向着温暖的方向

作　者	铃　兰
责任编辑	蔺　洁
出版发行	远方出版社
地　址	呼和浩特市乌兰察布东路666号　邮编 010010
电　话	（0471）2236471 总编室　2236460 发行部
经　销	新华书店
印　刷	北京富达印务有限公司
开　本	650mm×940mm　1/16
字　数	294千
印　张	18.5
版　次	2016年11月第1版
印　次	2017年1月第1次印刷
标准书号	ISBN 978-7-5555-0795-6
定　价	36.80元

如发现印装质量问题，请与出版社联系调换

目录

第一辑　生活是一种态度

> 一个人，只有沉得住气，忠于自己的内心，倾听灵魂的声音，生命才能饱满而丰厚。

在优雅中老去 / 3
留出时间给自己 / 6
年度最幸福的人 / 8
"快"时代，渴望一种目光 / 10
你有多重要？/ 12
打牌悟出的人生哲学 / 14
享受寂寞时刻 / 16
给心灵找个家 / 18
与己攀比 / 20
等待是如此美妙 / 22
做玫瑰花一样的女人 / 24
精减生活 / 26

[向着温暖的方向]

没有过不去的坎 / 28

过眼飞鸿 / 30

女人要学会爱自己 / 32

"节约型"浪费 / 34

忙并快乐着 36

雨中漫步 / 38

围炉夜话 / 40

剪掉你的"尾巴" / 42

拒绝一颗戏子的心 / 44

女人味是女人的内涵 / 46

夫妻吵架多用褒义词 / 49

做个嫁谁都幸福的女人 / 52

用优雅的姿态示爱 / 54

夏日倾情 / 56

独来读网 / 58

过个诗情画意年 / 61

让微光温暖心灵 / 63

衣服越少越健康 / 65

享受生命的清幽 / 67

以花的姿态安静等候 / 69

再见,旧时光 / 71

花出去的钱才有价值 / 73

曲折的路,平和的心 / 75

让学习成为一种习惯 / 77

第二辑　伸出你的手

伸出你的手，用关爱温暖一颗心，那么，每个人心中都充满了爱。

人与人之间只要多一些理解，多一份付出，就能唤醒爱的正能量，这个世界就会多一些温暖。

用微笑推开灾难 / 81

我是您过路的女儿 / 83

蹭书看的小姑娘 / 85

拐　子 / 87

情愿相信他 / 90

老农的木耳菜 / 92

努力做个值得朋友交往的人 / 94

与澳大利亚人为邻 / 96

感受美国的中学生生活 / 98

温情推荐信 / 100

最好的同情 / 102

也说授人以渔 / 104

网聊趣谈 / 106

有条件的爱情 / 108

用什么证明爱情 / 110

婚后的女人是升值的 / 112

婚姻不能用来防老 / 114

两口无猜恩爱长 / 117

你幸福吗 / 120

晒什么也别晒爱情 / 122

完美是陷阱 / 124

用超然的爱回报 / 126

爱情不需太精明 / 128

爱的信息不群发 / 130

爱情保鲜剂 / 132

爱情的温度 / 134

平淡的爱最美 / 136

笑是动人的花蕾 / 139

爱上爱你的感觉 / 141

后座的爱情 / 143

适合自己的才是最好的 / 145

婚姻中的美丽契约 / 147

"害怕"是真爱 / 150

以对方需要的方式去爱 / 152

第三辑　绽放生命的美丽

种下行为，会收获习惯；种下习惯，会收获态度；种下态度，会收获命运。

在急功近利的社会，很多人心浮气躁，我们无法改变什么，只能保持自己。保持质朴、善良、自信、勇气、信念、毅力，勇敢面对现实生活，努力提升生命的质量。只要我们足够努力，相信爱和喜悦一定会降临我们身边。

细品女性之美 / 157

性感女人 / 159

逛街的女人 / 161

女人四十一棵树 / 163

女人一生最靠谱的投资 / 165

生命是为爬山做准备的 / 167

读懂上司的"挑剔" / 169

人情不能透支 / 171

给自己创造一个贵人 / 173

好马照吃回头草 / 175

当众拥抱你的"敌人" / 177

学学职场韦小宝 / 179

人　脉 / 182

第二专长很重要 / 184

嫁得好不如干得好 / 186

幸福的门铃声 / 188

最好的年龄 / 190

摔碎了的影子 / 192

从头开始的勇气 / 194

真正的强大 / 196

新好女人 / 198

萝卜女还是人参女 / 200

经营好自己的名片 / 202

珍惜时间上的花朵 / 204

没有金刚钻，干好瓷器活 / 206

"空杯"以对 / 208

一生做好一件事 / 210

"方向性"错误 / 212

找对位置,让平凡的人生不平凡 / 214

有梦不怕路途远 / 216

第四辑　亲情阳光:最近的人,最真的情

> 亲情是一缕温暖的阳光,照亮我们的生命,照亮前行的道路……

拥　抱 / 221

情调男是妻子疼出来的 / 223

就这样和你慢慢变老 / 226

大声说出"我爱你" / 229

母亲的短信 / 231

岁月流转 / 233

父母的星期天 / 235

孝敬其实很简单 / 237

出本书给爸妈看 / 239

父爱如书 / 241

魅力老爸全家福 / 243

"一家亲"助父亲走出孤独 / 245

"剪"出幸福来 / 247

如果有"赡养假"就好了 / 249

在回忆里忘记 / 251

我教儿子学花钱 / 259

让太阳从西边出来 / 261

儿子的眼泪（外四）/ 263

向孩子示弱 / 266

家有小儿乐趣多 / 268

陪　考 / 270

成为孩子的朋友 / 273

把选择权留给孩子 / 275

闲聊母子快乐多 / 277

自画像 / 279

第一辑 生活是一种态度

一个人,只有沉得住气,忠于自己的内心,倾听灵魂的声音,生命才能饱满而丰厚。

在优雅中老去

高考结束的第二天,儿子说要去同学家玩一天,我没加思索就同意了。十年寒窗,一考定乾坤,是该让孩子好好放松一下了。

一直到傍晚,孩子还没有回家,我不放心,打电话问他在哪里,他说在KTV,正与同学唱歌在兴头上。我刚要发作,但话到嘴边还是咽了下去,装作平静地说了声早些回家,就挂了电话。

良久,无语。在我印象中,KTV是娱乐场所,是成年人酒足饭饱之后狂吼乱叫借机发泄的场所,孩子怎么可以选择去那里呢?那里不是禁止未成年人进入的吗?蓦地,我意识到自己犯了个很严重的错误,那就是在自己眼里尚不谙世事的孩子,其实已经十八岁了!从法律的角度来说,他已与我有了相同的权利与义务。

我十八岁那年,就已从技校分配到一家工厂上班了,没能圆大学梦成了我一生的痛。如今,孩子也和当年参加工作时的我一样大了,他会不会像我当年那样,还没有独自承担一切的能力与准备就不得不面对纷至沓来的成人问题了呢?

记得那时,一个人的时候也是有些被动的,从学校老师、同学身边离开,一下子置身于成人中间,看到、听到的皆是与某某工种累不累、挣钱多不多有关的俗之又俗的现实话题,看不惯一起搭伙的师傅不求上进、躲过班长的巡视就偷懒的样子;看不惯整天对别人品头论足的那位无聊同事的样子;看不惯整天卖弄自家老公对自己如何疼爱、自家婆婆又送衣裳的一脸幸福的小女人的庸俗……那时,就感觉自己像个外星人一样与周围那么格格不入。为了不让别人拿自己当孩子看,甚至愚蠢地去美发厅烫了个很时髦的"爆炸头"。

那时的自己是迷茫的,甚至可以说是痛苦的,下了班还是喜欢找从前的同学聚会倾诉,而对身边的同事有种本能的排斥。回到宿舍,总是一个人躲在被窝里看书,每个月都会从不多的收入中拿出部分薪水用来购书。每当夜深人静,深深的孤独感就会不失时机地袭来,那种无助与茫然至今深深地印在脑海中。无论快乐与忧伤,都必须一个人承担,那是怎样的一种悲壮啊!正是经过一次次心灵的煎熬与纠结,才慢慢变得豁达与从容起来,大概这就是所谓的成熟吧。

如今,别人的目光已不重要,别人的评论也不会给自己的情绪带来太大的波动,一切都随着自己视野的开阔与达观变得云淡风轻起来,就算依然像少女那样留着清汤挂面式的披肩长发,也找不到清纯的影子。印象中一直像跟屁虫一样赖在你怀里的孩子都有资格进娱乐场所了,我怎敢不老呢?

跟孩子一块过马路,看到绿灯将变,赶紧加速擦着黄灯快速通过路口,回头看看在路口那边等待的儿子,停下脚步。红灯再次变绿后,儿子追了上来,十分恼火地说:"妈妈,你总是这样着急,分明是黄灯了,还抢什么呀?看看绿灯变黄、黄灯变红、红灯变绿的过程有什么不好?就等一分钟的耐性也没有吗?"孩子说得没错,其实也没什么要紧事,只是不知从什么时候起,走在路上的脚步总是匆匆忙忙,好像被什么追赶着似的,无心欣赏路边的风景,除了跟随人流勇往直前,似乎再无别的选择。这样被孩子劈头盖脸地数落一顿,我竟连反驳的理由都没有,孩子都懂得道理了,难道自己真是老糊涂了吗?

新买了个智能手机,对照着说明书鼓捣了半天也没学会怎么使用。孩子拿过来，看了看，一会儿工夫就玩得不亦乐乎，对所有功能了如指掌了。在这个智能手机面前，我笨拙得像20世纪大字不识一斗的愚妇，学生时代自己也不算是笨学生，但在现代高科技产品面前，尤其以孩子的智商做映衬，才发现自己如此落伍，怎敢说自己与时俱进宝刀不老呢？

虽然偶尔感觉精力体力有些不支，但分明觉得自己还未长大，心里还有若干梦想，期待某年某月某一天能够实现。那些梦想，就像迷雾中的灯塔，时隐时现时有时无，就是找不到年轻时全力以赴奋不顾身去追寻的勇气与冲动，得到的不轻易放弃，得不到的也不再执着追求……不是因为害怕失败才不去追求，而是因为知道，许多东西是可遇不可求的，无论你如何努力都是永远达不到的彼岸。或许即使通过努力能够得到，可那又怎么样呢？还不都是暂时的留存吗？谁又可以终其一生把所有的东西都紧紧握在手心里呢？而此时，面对跃跃欲试像小兽一样随时为了猎物付出生命的年轻人来说，这种不温不火的状态与人之将暮又有何异？

人到中年，愈发觉得光阴似箭，太多太多的事情还未来得及去做，时间已然匆匆远去。时光马不停蹄地向前奔跑着，自己也像只飞速旋转的陀螺，不由自主地跟着马不停蹄地老去。如果老去是必须面对的事情，何不放慢脚步，让风儿轻轻拂过面庞，从容欣赏路过的风景，让生命在悠然闲适中再熏染一些斑斓的色彩，在不知不觉中优雅地老去。

留出时间给自己

不止一次婉拒朋友的邀约，拒绝参加在他看来是一些可以认识"大碗（腕）"的聚会。因为我知道，认识"大碗"并不代表我的"碗"会变大一号。

或许是骨子里的清高；或许是作为社会边缘人的不安全感与自卑；或许我只想保持个性的自我……所以才放弃那些在有些人眼里是有利可图的聚会。

做人，最重要的是给自己定位。你是什么样的人要清楚，你想成为什么样的人要明确，你能成为什么样的人更要自知。在当下很多人都急功近利的时候，坚守一种信念显得尤为重要，它会让自己不迷失、不惶惑，不至于无所适从。当你无法改变别人时，保持自己内心的澄明与安宁方为安身立命之本。

人生就像一个圆，你扩张的圆越大，你不知道的事情就越多。什么样的状态最适合自己，什么情形最让自己快乐，自己最清楚。一个匹配的社交圈，一个刚刚大的圆才会带给自己一个刚刚好的人生。

没有人可代替你走自己的路，再牛的"大碗"也不能完全主宰别人的世界，与生俱来的缺点和起点制约着自身的高度。一些门槛你无论怎么努力也是无法跨越的，与其千方百计结交"大碗"，期待别人成为你的"贵人"，谋求不适合你的东西，倒不如坚持做自己，尽心尽力做最好的自己，才能发挥你应有的价值，别人才不会忽略你。当你自己变得足够强大时，你会感觉路边的小花也会对你微笑。

每个人都期盼外界的认可，到最后才知道，自己的世界与他人关系不大。留出时间做自己，努力为自身增值，过自己想要的生活，你才是快乐的人。

年度最幸福的人

同学聚会，酒过三巡，不知怎么就说到"幸福"这个话题。班长提议在座的同学对刚刚过去的一年来个幸福大盘点，看看谁是年度最幸福的人，大家一致赞同。

班长带头说，大学毕业后，他一直从事自己喜欢的专业，打拼十几年，已经成为单位的骨干力量。去年光技术创新，他就给公司省了近百万元，自己很有成就感，领导也非常器重他，他感到很幸福。

十年前就辞职做小家电生意的陈亮接着说，他是从农村出来的大学生，从小家境贫寒，非常羡慕城里有钱人的日子。去年他的家电商行成功开设了第五家连锁店，利润比往年翻了数倍，他拿出五十万，将老家那条横穿村子中央，每逢下雨便泥泞不堪的小道，修成柏油路。终于可以用"钱"为别人做点事了，他感到非常幸福。

女生刘黎红迫不及待地告诉大家，她的儿子在初中时，学习并不刻苦，她一直担心孩子考不上高中，没想到去年她儿子以"8A2B"的优异成绩顺利升入中学，看到儿子的进步，她感到非常幸福。

就这样，大家你一言，我一语，细数着片片过往，翻晒着自己的幸福。

轮到一直微笑并分享着别人幸福的于安安了，大家都知道，她近年遭遇了太多的不幸。先是自己单位破产下岗，一直四处打零工维持生计；去年她的爱人因脑溢血差点丢了性命，身体留下后遗症，现在还在家休养，工作能力尚未恢复。大家在心里早就认定她是年度最不幸的人了。班长躲闪着她的目光，刚要示意她旁边的一位同学继续，于安安大大方方地抢着说："该我了！"

她说："我的幸福是父母健在。每次回家，都能享受到他们为我准备的可口饭菜，听到他们的唠叨与嘘寒问暖，无论高兴或不高兴，顺利或不顺利，他们爱我的心，从未改变。父母健在，无论生活有多累，总会感觉身后有两双温暖的目光关注着我，给我勇气与力量，因为我知道，他们随时会给我无条件地支持与援助。无论我是否给他们买礼物，每次见到我，他们都是那样高兴，那种天伦之乐，是无法用语言来表达的，对于我来讲，这就是最最珍贵的幸福！"

她的话音刚落，顿时响起热烈的掌声，大家一致推举于安安是年度最幸福的人，因为父母健在是所有人的心愿。是啊！幸福就是这样简单：有能力帮助别人，身体健康，做自己喜欢做的事，父母健在……只要用心感受，幸福无处不在。

"快"时代,渴望一种目光

中午,坐公交车去上班。虽然已是秋天,但车内依旧热气弥漫,让人昏昏欲睡。前面一位少妇,正凝视着怀里的婴儿,孩子安详地睡了,浑然不觉母亲的目光是多么深情。我的心一下子绵软下来,有种念想挥之不去,假如我是一个不谙世事的婴儿,谁会用这种怜爱的目光深情地注视着我?轻声对周围的人说:"嘘!小声点!她累了,让她好好睡一觉。"

这样深情的注视自然来自亲人或朋友,我的亲朋算起来不算少。父母兄弟姐妹俱全,爱人孩子朋友同事……可是,茫然四顾,似乎遍地亲情,温柔的注视竟不可得。

父母年老体迈,出门已不辨方向,看东西都有些模糊不清,常常看着妹妹喊我的名字,抑或看着孙子喊儿子的名字。兄弟姐妹正当青壮年,在单位挑着大梁,见面没说几句话,就会以忙为借口各自散去。他们给予我的注视,只有从儿时一起玩耍、一张大坑上排排睡的记忆中提取了。爱人呢?如果是两年以前也许可以,自从他因公派去了澳洲,这样的幸福便跟着去了。他在澳洲干得越是得心应手,归期越是渺茫,睡梦中的深情一瞥自然成了一件奢侈品。

当然,我完全可以放弃这边的事业,追随在他身边。可是,年迈的双亲、年幼的孩子、还有整天喊我老师的那些学生,就会看不到我对他们微笑的目光。难道人到中年,为了一个深情的注视,就该放弃所有的一切吗？这想法的确叫人贻笑大方。

渴望一种目光，这种想法怪怪的，也许只是自己太累了，渴望一份关爱，一种埋在温柔目光里的小小放纵。而这些，竟然难以实现，孤独感便油然而生。

生活在"快时代"，尽管生活条件好了，但我们一刻都不敢停歇，稍有懈怠便会被别人甩在后面。我们不得不拼命打拼，在这个过程中，我们失去了一些珍贵的东西，譬如，一种宁静的心情，一刻无欲的闲暇，一个天真的笑容，一缕深情的凝视……

于是感觉很累，就想马放南山，穿过秋天的果园，躺在河岸的草地上，晒晒太阳，眯一会儿，就一小会儿。渴望一种目光，一种温柔的目光，轻轻地梳理着我纷乱的思绪，让我沉沉地进入梦乡……

你有多重要？

出去参加笔会，不小心把手机掉水里了，吹干后仍然不能开机。无法像往常那样用手机上网、拍照、收发短信，没有网络与通讯陪伴，似乎少了许多事情，耳根一下子清静了许多，整个旅程亦变得寂静一片。

期间，看到一些文友只要停下脚步，就会掏出手机，盯着屏幕或看或操作，一刻不得清闲。我知道，那是有人通过手机正与他人交流，受其感染，我也开始有些担心，担心别人找不到自己，也会错过一些事情，我甚至有些焦急，某项目会不会无法继续进行。

期间在宾馆我也曾接到过为数不多的几个电话，那是素日经常联系的两位好友和家人，因为看到我的微博几天没更新了，担心发生意外，千方百计打听到我的宾馆电话，问我怎么了。当他们听说我的手机坏了时，之后也就不再打电话过来，后面的行程就更加寂静了。

笔会结束回到家，我迫不及待地打开电脑，登录QQ，浏览自己的博客、空间，没想到，并没有很多人给自己留言。打电话到公司，问我负责的某项目的进程，同事告诉我一切顺利，让我安心在家休息。

放下电话，我不由得陷入深思。素日总感觉自己在别人眼里非常重要：在单位是独当一面的部门负责人，在家是上有老下有小的主妇，在网络上自认为人缘不错，有一帮忠实的粉丝……只是没想到，自己的暂时离开，并没有在太多人心里留下痕迹，我回来了，他们依然跟我互动着；我离开了，他们没有感觉任何异样。

从前感觉手机、网络是很重要的东西，时时将我与朋友联结在一起，同时让我感觉到自身存在的重要性。现在，我开始考虑什么是自己生命中最重要的东西，对于人生来讲，很多东西其实没有那么重要，名誉、地位、富贵都是可以摒弃的东西，唯有亲情、友情、真爱才是生命中必不可少的珍品。

相逢的人会相逢，联络的人会联络，牵挂的人会惦念，不相干的人压根就不知道你的变化。在这个喧嚣的世界上，一个人真的没有自己想象的那么重要，真的没有那么多人关注你，所以大可不必为了谁轻易改变什么，只要开开心心地做最好的自己便是。

打牌悟出的人生哲学

北方人喜欢玩纸牌，三个人斗地主，五个人玩保皇，六个人打勾级。打牌一般是茶余饭后的消遣，酒足饭饱，意犹未尽，干脆凑一块玩玩纸牌，是一种雅俗共赏的娱乐活动。

打牌的许多场景与我们的人生极其相似。一把牌分摊下来，人手一份，表面上，每个人出牌的机会是平等的。而事实上，从我们抓到第一张牌开始，人与人就有了差异。有人摸到"大王"，有人只摸到"憋3"，全凭运气。就好比我们的出身，祖辈奠定了不同的根基，我们便有了不同的生存环境，无论贫贱富贵，都由不得我们选择。而不同的生长环境，会陶冶不同的情操，造就不同的个性，成就不同的人生。就像打牌，只要我们参与就不可避免，从第一张牌开始，确定你出牌的顺序，每一步都将影响到全局。

有的人手里拿一把好牌，可如果不会运筹帷幄，合理利用手中的纸牌，照样输得一塌糊涂。可见，有一手好牌很重要，学会如何使用它们则更加重要。比如说，有的人聪明能干，才华出众，如果对自己的人生没有规划，不发挥自己的专长，注定只能在庸庸碌碌中虚度一生。就算把他推上元帅的宝座，如果不会用兵，照样打不了胜仗。

而有的人明明手里握的是一手烂牌，却镇定自若，声东击西，往往能够出奇制胜。好钢用在刀刃上，他手里的每一张牌都用得其所，发挥出最大的作用，全凭他的判断与技巧。"功夫在诗外"，经验与技巧得益于他的日常积累与揣摩，有人甚至能将对方所出的牌背诵下来，这样对方手里还有什么牌他都一清二楚，知己知彼方可百战百胜。当然，如果手里的牌实在烂透了，上帝也救不了你，乖乖认输是最明智的选择，扔下牌退出本局，就是"三科"，不高不低，中等。所以，学会妥协也是人生很重要的课程，适时妥协，结局往往不算坏。

合作也是获胜的重要因素。握有好牌的人，要能沉住气，不要急于出手，照顾一下"联帮"，这样才能保证"团队"胜出。手里牌不好的人，更要沉住气，不要破釜沉舟冒险出击，因为以你的溃败为代价，"联邦"即使胜出，也是极大的遗憾。

打牌只是游戏，总有结束的时刻，那时，手里有什么牌已不重要了，因为下一次玩牌之前，是要重新洗牌重新分帮的。而人生是一张单程票，是没有回头路的，更没有办法重新洗牌。所以，这一程该如何走，该给后辈留下些什么，才是我们最该考虑并为之付出的正事。

享受寂寞时刻

不知你是否有过这样的感觉？当你满腹心事，渴望找一个人倾诉一番时，你翻遍了手机通讯录上的所有号码，却感觉没有一串数字可以让你无所顾忌地拨通。抑或，你上网，面对 QQ 面板上一长串或彩或灰的人像，仍然找不到一个可以让你倾诉的对象。

也许，愿意跟你主动搭讪的人来了，可是，你不知从何说起。有一搭没一搭地聊着，你说你的，他说他的，有点鸡同鸭讲的味道。直到后来，你感觉很累，就想放弃了。他却来了兴致，一直不肯终止话题。你敷衍着，附和着，假装聊得很投机。

终于，你忍无可忍，礼貌地给对方留言：我有事离开一下，有空再聊。对方，也终于明了你的心事，非常迅速地回复一句：再见。

再见。你这样说着，内心里，却早已筑起一道铜墙铁壁，对这个人，永远地道别：再见。再不见。永不再见。如释重负，安静地隐身，不再奢求倾诉，只好一个人静静地咀嚼属于自己的寂寞。

"到一个与世隔绝的地方，一个人，过着世外桃源的生活，该有多好。"你这样向往着。

你终于明白，"发生在你身上的故事，对 90% 的人来说，没有任何意义。"或许，每个人都有自己的心事，都有自己的伤痛，又有几个人会看懂呢？有时自己都不懂得自己。别人只看得见你的笑容，你只能在安静中，不慌不忙地坚强。任何变化，皆事出有因，也只有改变，才可趋利避害。正所谓冷暖自知，自己呵护自己比较靠谱。

于是，你领悟到，并不是所有的心事都适合与人倾诉，并不是所有的心情都适合与人分享，并不是所有的故事都有一个完美的结局。

"有种痛，不需要用眼泪来释放、用叫喊来宣泄，只能独自咀嚼、慢慢回味。这种痛，不是心中有多少委屈，不是对生活有多么失望，而是在百转千回之后，发现曾经梦寐以求的地方，完全不是自己渴望的世界。错过的事，已经融入了走远的岁月；错过的人，亦如过客般消失在你的天际。这种痛，无须言语，相随永远。"渴望命运的波澜，到最后才发现，人生最曼妙的风景，竟是内心的淡定与从容。

于是，你觉得自己的寂寞在蔓延，无限地向四周扩充。那寂寞，便也成了无边的寂寞，就像暗夜绽放的一朵花，只能独自妖娆，却无人能赏。不过，也只有在寂寞时刻，才可能听到内心最真实的声音。

所有的故事终似秋叶零落在风里，我们曾经漠视的青春，早已无奈地老去，没有什么可以挽留住岁月的脚步。让我们享受寂寞时刻，铭记生命旅程中感受到的每一次感动，在时光的缝隙里倾听灵魂的声音，把握每一寸韶光，不放弃生命中一切纯净的物事，努力过好每一天。只要我们足够努力，相信爱和喜悦一定会光临我们每一个人。

给心灵找个家

日子如白驹过隙,转眼人到中年。中年是个什么概念?在家里上有老下有小,在职场早已独当一面,家里家外都起着举足轻重的作用,"责任"是这个年龄段对人生最好的诠释。除此之外,还想干些什么?还能干些什么呢?明天的生活是今天努力的结果。人到中年,是该好好规划一下,至少给自己定个位,给心灵找个家。

一路走来,曾有过无数梦想,小时候,梦想成为作家,希望能写出惊世佳作,扬名天下;中学时代,爱美的年龄,天天对着镜子摆出各种表情,梦想成为明星,在镁光灯下闪耀着炫目的光彩;大学时代梦想嫁个白马王子,过着如花似玉的幸福生活;再后来,不再相信灰姑娘果真会得到多少人梦寐以求的水晶鞋,开始懂得若不努力,所有的梦想只不过是水中花镜中月。于是,努力着,打拼着,将身边的小事努力做到最好。

人到中年,社会地位基本定型,或事业有成,或有了一定的经济基础,或在某个领域小有成就……往日困扰在心头的一些事情渐渐淡忘,曾经所谓的刻骨铭心的爱情也在不经意间变得云淡风轻,现实变得越来越明朗。这时,我们懂得生命本身远比其他身外之物重要得多。"财富可得不可贪,爱情可遇不可求,生命可歌不可泣……"年轻拼得精力体力已略显倦怠,如今只能博智力了。开始懂得,无论生活赋予我们什么,无论得到或失去,生活都会一如既往地继续下去。

人到中年，心肠变得越发软了，很容易被真情所感动，喜欢用心体会人生的况味，已学会珍惜，无论是亲情或友情。不再刻意追求什么，也不再轻易放弃自己所拥有的一切。

这时，梦想变得越来越现实。已渐渐学会放弃，放弃一些根本无法实现的梦想，放弃过多的功利追求，放弃影响自己健康的食物，放弃成为不可能成为的人。人到中年，开始用减法生活，懂得随遇而安。

从这时起，开始注重心灵的充实，读书、品茶、远足、静思……世界在你眼里依然绚丽多姿，而你逐渐放弃追逐，变成一个享受者。慢读细品，更加注重兴趣的培养。一份爱，一个家，一本书，一杯茶，人到中年，就该给心灵找个家，让灵魂得到休憩，让生活更加美好！

与己攀比

同学聚会，一好友对我说，新的一年她希望能换辆汽车，说谁谁的车比她的车名贵；老公的副局虽顺利扶正，而谁谁已升任市长了；儿子成绩不太理想，想给他换所重点中学……愿望说了一大堆，自然是对现状不满意的。

在我看来，这位好友已经很幸福了：自己是公务员，工作相对稳定，席卷全球的金融危机对她没有丝毫影响；老公是某事业单位的局长，在这个出门便能碰到熟人的小城市里，也算是能呼风唤雨的人了；儿子聪明伶俐，学习成绩虽不十分突出，但也在班级前二十名之列……她还有什么不满意的呢？

"你幸福吗？"她问我，还没等我回答，她接着说："你肯定是幸福的了，看你整天乐呵呵的，真羡慕你！"

"是吗？"我笑着反问道，她长叹一口气，不再说话。

如果用她的标准我比她更不幸：中年下岗，好不容易找了份工作，无论刮风下雨必须正点上班下班，每月薪水也只够一家老小吃喝。在金融危机的冲击下，企业岌岌可危，我随时有再下岗的可能……

但是，现在的生活与刚结婚时比，已经是天堂了。那时，双方父母家里都不富裕，我们从单位租了一间房，又借了三千块钱买了床铺、炉灶等生活必需品，连婚宴都没摆便组成了一个小家庭。

现在，终于有了自己梦寐以求的楼房，虽没有大富大贵，也算衣食无忧，每每看到阳台上那些自己原来想种也没地方奢侈的花花草草，便感觉甜蜜无比。

其实，只要我们用心感受一下，就会发现，今天比昨天进步了，今天比昨天多了些收获，今天比昨天生活提高了……与人攀比，烦恼无穷，而拿自己的今天与昨天相比，幸福的指数自然会大大提高。

幸福有颗平常心，平常心即净心，是一种态度，是以积极向上的姿态进取，而又有顺其自然的淡定与从容。幸福就是以平和之心，真诚面对生命旅程所遇到的一切；以感恩之心，真诚悦纳生活给予我们的种种收获，包括快乐或忧伤。幸福与金钱、荣誉、地位无关，只要有颗平常心，平凡的日子里，那些不经意的瞬间，便是构成我们幸福的元素。

等待是如此美妙

因孩子上学离家较远，一般没事我会开车接送他。每次接孩子生怕堵车，都会提前一刻钟出发。有时出门特别顺，一路绿灯，车开得快，这样可以提前半个多小时到达。

开始，我常常为算不准时间而懊恼。一个人坐在车里，校园很寂静，校外临时停车场周围的人稀稀拉拉，噪音尾气充斥着整个空间，别提多郁闷了。

有一天，出门前我随手从书架上抽出一本郑石岩的《觉·教导的智慧》放在车上，没有刻意控制速度，到达学校又是提前半小时。停车场上照样车来车往，我头也没抬便闹中取静看起了书。

"涅槃寂静告诉现代人，要懂得净化自己的尘劳，消除心理压力才能恢复自由清醒的心境……"渐渐沉浸于书中的意境，原来无聊、倦怠、急躁的情绪一扫而光，方真正体会到于六尘中无染无杂，愉悦安逸的心境是多么美妙！

从禅的传承来看，禅家把生命看成一朵花。这在佛陀灵山法会"拈花微笑"的传法上可以看得出来。它的旨意就是每一个人要如如实实地接纳自己，依自己的根性因缘去实现自己的人生，就像一朵花开了一样。生活的本质不在于跟别人比较，而是要依照自己的能力、工作、兴趣等条件，去实现自己的人生。每一个人都像一朵花一样，只有透过生命的实现，才能体会到生的快乐。

半小时很快过去了,儿子敲车窗的声音惊醒了我。很庆幸自己有这样的机会,可以在喧嚣嘈杂中悠闲自在地看看书,领悟一下"世人妙性本空"的状态。换一种方式,原来等待也是如此美妙!

做玫瑰花一样的女人

朋友送我一罐玫瑰花茶，是用通体透明的玻璃罐盛放的。打开茶罐，一阵幽香扑鼻而来，那些魅惑过多少女人的花骨朵儿，虽经许多工序焙制过了，但依然栩栩如生，神秘的紫红，一如长在花枝上一样鲜活。让人疑心它会不会太招摇，会不会只有张扬的美丽而无让人心动的沉醉与内涵。

中医认为，玫瑰花味甘微苦、性温，可以理气解郁、活血散淤、调经止痛。而且药性温和，能够滋养人的心肝血脉，舒发体内郁气，起到镇静、安神的作用。玫瑰花茶，可以说是最适合女人的饮品。

从茶罐中取出几颗花骨朵儿，香味也比刚才淡了许多，呈现出最本色的味道。将花骨朵儿放进同样通体透明的玻璃杯，用开水冲泡，花儿一朵一朵浮起在水面上，水的颜色渐渐变成浅浅的黄色，就像一块透明的琥珀。此时，香味是淡淡的，就像一个温婉的女人，浅浅地对着你微笑。

细细品啜，杯中的水位一点一点降下去，续一遍开水，水位又忽地涨起。玫瑰花蕾随着水位起起落落，在杯内上下翻滚。几个回合之后，花的颜色便褪了，鲜活的紫红渐渐变成白色，只剩下香味仍然不变，淡淡地牵着品茶人的心魂。及至最后，花的颜色完全变白了，冲泡出来的水的颜色却依然是执着的琥珀色。

玫瑰花茶的味道，是那种很淡的甜味，柔柔的，需要细细品尝才能感受得到。它不像茉莉花茶，香味浓郁却易失，也不像菊花茶的苦尽甘来。玫瑰花茶冲泡出来的颜色有着龙井的清淡，却无龙井的浅浅绿意，明艳的花蕾包裹着一颗淡然的心，多了些质感的珀色与遐想。

总是觉得，做女人就该做玫瑰花茶这样类型的。刚呈现在人们眼前时，她像亭亭少女，青春靓丽，香气扑鼻。经过似水流年的冲洗，如花容颜随时间渐渐飘逝，如同生命中的每一位过客，来也匆匆，去也匆匆。而无论她是红颜依旧还是美丽不再，始终保持着自己恬淡的韵味，美丽不张扬，沉静不浮华。她只为懂她的人开放，自始至终，保留着自己独特的个性，保持着自己执着的颜色。

玫瑰是与爱情有关的花朵，玫瑰花茶是女人风干的爱情记忆。女人因玫瑰而芬芳，玫瑰因女人而美艳。

精减生活

朋友从外地来办事，一起吃饭时我们互相交换了电话号码，我却无论如何存不进手机，显示储存已满。顺着各分组看去：朋友、同事、同学、家人、其他、重要、合作、黑名单……唯一没有号码的分组就是黑名单，几百个号码的容量竟然全占满了！看着好多并不常使用的号码想删掉些"精兵简政"，谁知左看右看就是不知该删掉谁好，生怕一旦用到，它们不在我的记忆中。为了偶尔一用，它们便牢牢地占据在我的手机里，每次要找个号码便需从头查下来，费时又费力。

生活中，看似重要的东西很多，而实际使用的效率却很低。譬如名利之于快乐。快乐是什么？名人的快乐指数并不比平常人高，他们要面对的压力比平常人要大得多，所要应付的烦心事也绝不比我们平常人少。"人过留名，雁过留声"，很多人想成为别人心中永远的记忆，也不过是一个"利"字当头，往往活得很累，也失去了许多快乐。比如铃兰，既想保持自我，又想游刃有余地游走于这个茫茫人海大千世界，难免左右为难。此时只有两种选择，要么从心，要么从众。结果却不一定就两个，及至最后，有时难免落个不伦不类，快乐自然减掉几分。想想实在没必要刻意去做什么，倒还落个清心。

俗话说："人为财死，鸟为食亡。"说的就是"利"之于人及动物的迫切需求。骑自行车时盼着有车有房，及至车房俱全，又想换辆名车，换套更大的房子。有了足够品味的房子、车子，又想在精神上也提高层次，上个档次……于是这愿望那梦想便会相继冒出来……愿望多了，自然活得就累，反而不能集中精力去做好一件事了。

现在看来，有些愿望和想法就像手机里存储的号码一样，求全便不能精，不切实际的有等于没有，贪多反而一事无成。如何取舍，如何学会放弃，倒是自己需要解决的问题。放弃可以让自己把更重要的号码存入，放弃可以让自己轻装上阵，快马加鞭，何乐而不为呢？

没有过不去的坎

书香苑是本市最大的集批发、零售于一体的图书市场，因为喜欢逛书店，与几家书店的老板便相熟了，见面除了打招呼，偶尔也坐下来跟他们聊几句家常。其中和一位叫李雪萍的老板混得最熟，有段时间因为遇到一些不开心的事，我连在最喜欢的书面前也是一副无精打采的样子，她得知原委，说过一句话，至今让我念念不忘：

"没有过不去的坎，珍惜自己的女人才值得别人珍爱！"

李雪萍原是某染织厂的技术员，工厂破产重组时，下岗了，那年她四十三岁。俗话说："福无双至，祸不单行"。这话用在李雪萍身上再合适不过了。就在那年她老公查出胰腺癌，半年后也离她而去……儿子当时正上高中。

她说她都不知道是怎么过来的，整天把自己关在家里，不吃、不喝、不睡……紧闭的窗帘里面又挂上一层床单，她感觉天都塌下来了，害怕阳光照进她的房间。

娘家兄弟不放心，怕她想不开，派一小丫头整天守着她，寸步不离。上高中的儿子本来应该住校，那段时间也经常请假回家看她，学习大受影响。

直到有一天，儿子对她说："妈，我想退学，爸爸走了，我怕再失去你……"她才蓦然醒悟。是啊，爱人走了，儿子还在；儿子需要母亲，自己还活着，生活还要继续，不能为了爱而去伤害另外的至亲……想通了，就这么简单！她从悲伤中醒来，恍如隔世。于是，打开窗户，让阳光洒满房间的每一个角落。

后来，她东借西凑，开起这家书店，其中的艰辛一言难尽，自不必说。儿子现在已由西安某大学毕业并留校了。

"没有过不去的坎！"细细咀嚼这句看似简单的话语，结果发现其中蕴含着人类生存的大智慧。人的一生，就是不断挑战、不断搏击的一生。不管你原来拥有什么，不管你曾失去什么，只要你肯放下过去，给自己一次重新开始的机会，生命就有可能呈现不一样的璀璨。人生之旅，九曲十八弯，处于最低谷时，也正是开始上升之时。

过眼飞鸿

我先生是一位好脾气的人，在他的脸上极少见到夸张的表情。结婚十几年来，从没见他为什么事吃不下饭睡不好觉焦躁不安过。偶尔我会戏说他是"冷血动物""木头"……他从不反驳，任由我张扬自己的个性。内心我是欣赏他那种凡事泰然处之、淡定从容的样子的。

与他谈话，大部分时间都是我叽哩呱啦竹筒倒豆子，他照单全收，或点头或浅笑，偶尔也爆出一两句能称为句子的话语。每次看他不表态，生怕他听不明白意思，我会加重语气再叙述一遍，再看他还是那副不咸不淡的样子我就开始不耐烦。嘟囔一句"对牛弹琴"不再理他，独自享受撞南墙的感觉。

有一天他在书房看书，见他半天纹丝不动，我故意过去又拉椅子又收拾报纸，稀里哗啦一顿山响，再瞧他跟没听到似的，忍不住问他："你怎么那么好耐性呢？"

先生这次回答的语句没有那么节约："我没觉得我忍耐了什么呀？！"他顿了顿又说："人之所以有烦恼，压不住性子，是因为你把事情看重了！有些事你把它当事它就是事，你不当事它还存在吗？就如说话，你如果很重视，他的话就是圣旨，鸡毛也会成了令箭，如果你不理会，它就如云如烟，一阵风吹散就消失啦……"

我先是愕然继而顿悟，有什么放不下呢？真的有那么重要？相对人生来说，其实，生命里的许多东西都是如鸿毛一样飞过的啊！值得去较真吗？鸿毛在眼前，我想我应当撮起嘴巴，轻轻吹一下，看鸿毛在我眼前飞扬呵！真的，那才是一种真快乐哩，为自己心中值得去爱的努力付出那才是有所值的吧！您说呢？

女人要学会爱自己

女人首先应该学会爱自己,一个连自己都不珍爱的人怎么可能会去真正爱他人并获得别人的爱呢?

外表是本,内在是根,女人爱自己就要从根本上入手,比如修身养性,培养一种或几种兴趣爱好,让自己活得富有情趣;终身学习,不断充实自己,让自己更有内涵;衣着整洁得体,发型与年龄相符并且经常打理,让自己看起来干净利索、精神十足……这样,即使红颜褪去,也遮掩不了岁月沉淀的风情。

俗话说:腹有诗书气自华。养成阅读的习惯对女人非常重要,书中有许多美女的典范。给我印象最深的是《简·爱》中的女主角简,她不漂亮,不媚俗,蔑视权贵,对罗切斯特深爱不移。她的自强自立、敢爱敢恨、自尊善良深深感染了我,在我心里,她就是最美的女人。可见,女人的美有时与外表并无关联。

真性情的女人是美丽的。女人应该爽性而为,爽性的女人清澈透明,对生活充满热情与敏感,真实自然,充满童趣,如一缕清风拂过心头,清新而充满活力。有些女人喜欢故作清高,装腔作势,这样的女人最令男人厌烦。还有的女人故作矜持,喜怒哀乐深藏不露,对人对事不冷不热,令人望而却步。女人高贵的气质不是刻意模仿的结果,而是经过岁月沉淀而来的韵味,女人应该相信,自己就是最好的,保持自我,至关重要。

独立的女人最叫人欣赏。她体谅男人的辛苦，不依附男人，让男人回家有个舒适的休憩地，在外打拼无后顾之忧，她只在精神上依恋男人，生活方面相对独立。

另外，女人还可以学会一样乐器，闲暇时，纤纤玉手轻拨琴键，女性的柔美气质尽显无遗。那份优雅与娴静可谓风情万种，最是迷人。运动也是不错的选择，运动着的女人充满朝气与活力，给人积极向上的明媚。

女人爱自己，就要努力提升自己的生命质量，不断丰富自己的内涵，回归内心的柔软，这样，女人才会越来越优秀，才不至于因岁月的侵袭而贬值。爱自己，爱他人，我们的世界才会充满爱。

"节约型"浪费

母亲来电话说给我买了条裤子,让我抽空去试穿一下,说家门口的服装店在打折,她好不容易才抢购到。我故作开心地说:"好啊!还是老妈好!总想着我。"心里却不是滋味,一点高兴不起来。

母亲总是喜欢买些打折处理的东西,自己用不着便到处送人。比如衣服,她一直反对我买新上市的,说只不过晚买一个季节,可以节约三分之一的支出呢!她给买的衣服,我差不多只穿一二回便压在箱底不动了。而我送母亲的新衣服她总是不舍得穿,拿出来比试一下再放回衣橱。那些过季的衣物尽管布料、做工都很精细,因为流行了一个或几个季节,没有一点新鲜感,丝毫不能给人带来那种"人衣合一"的精神快感,便沦为衣橱中的"鸡肋"。

她还喜欢买便宜水果和蔬菜,每天下午小贩们收摊前,她准时到菜市场转悠,什么便宜买什么。即使不需要,也常常禁不住人家的劝说,几块钱买回一大堆,结果吃不完便烂掉了。为此我没少说她浪费,母亲却不以为然,说买时多么便宜,到底是节约还是浪费却没有仔细算算。

我有位朋友,一年前感觉头疼,到医院检查,医生让他做个CT,他没舍得做,只开了些消炎止痛类的药物,结果后来查出脑瘤晚期。现在他不得不躺在医院里,每天花钱似流水来维持生命。去看他,他像祥林嫂一样一遍遍诉说自己的大意,对于当初的节约后悔莫及。

现实生活中，这种"节约型"浪费可谓比比皆是。比如人家送的高档补品不舍得吃，最后坏掉不得不扔掉；比如单位招聘了一批硕士、博士，大张旗鼓地宣传拥有多少高素质人才，却没有给他们施展的舞台，造成人才浪费；比如为节约成本，只看到眼前利益，没有全局观念，只重效益，不重环保，最终付出的代价远远大于收获……

人尽其才，物尽其用，价值才能完美地体现出来。"节约型"浪费出发点可能是好的，因此具有隐蔽性和欺骗性，后果往往更可怕。我们反对铺张浪费，鄙视奢靡浮华，是否意识到，这种"节约型"浪费，其实更应该引起人们的注意呢？

忙并快乐着

对于成串的往事，总有几许眷恋，像品一杯苦咖啡，香醇却满是苦涩。总想着往日的玫瑰园，却偏偏不去欣赏窗外正盛开的鲜花，忽然明白自己实在不是真正的聪明之人。

在现代社会里，人们好像总在忙忙碌碌。忙得心浮气躁，忙得肝火旺盛，却常常忘记了忙碌的目的与动机。好像只有忙着才是充实。

我个人以为，忙忙碌碌是为了生活提高质量，让自己的品位提升一个层次。如果忙碌的结果是没有时间从容地吃饭，没有心思欣赏窗外的玫瑰，没有心情与朋友喝茶对弈，没有时间常回家看看，没有一颗同情弱者的心灵……那么，即便是忙到拥有金山银山，风光无限，那又有什么意义呢？尤其是那些忙得不知道怎么花钱的人，除了花天酒地，就是寻花问柳，俨然成了金钱的孙子，实令人不齿。更何况忙碌的结果也不一定就会得到金山银山！

这时，我会情不自禁地思念过去，思念过去的纯真与宁静淡泊。为什么很多人会对初恋念念不忘？并不是因为初恋是最好的，而是它纯洁无瑕、不掺杂任何功利成分，让人有心情营造浪漫，可以很投入地、自由自在地享受过程。

但是，生命实在太短暂了，一味地沉迷于过去的阴影中，实不可取。社会在进步，人类在前进，世界上永远不会有一个人能成为另一个人的一切。所以不必为过去的损失而悲伤，应该积极地找办法弥补过去的创伤。不必抗拒那些不可避免成为过去的事实,就让"过去"到此为止。甩掉包袱,轻装上阵,去创造一个更加丰富美好的明天。

忙并快乐着,是一种充实的幸福。

雨中漫步

现在能给人惊喜的事不多了，连下雨这样的事，都能预报。但当今天早晨面对这样一场大雨，我还是很开心，相信这个城市的很多人跟我一样开心。连续闷热了好几天，一场雨似乎让喧嚣的城市一下子沉静下来，烦躁的心境也归于安宁。

清晨，城市一下子换了颜色，树叶被洗得碧绿，花朵低垂的脑袋变得更加鲜艳，触目之处皆水灵灵的，万物似乎有了灵性。到上班时间，车都慢如蜗牛，公交车人满为患，出租车也很难坐到，索性步行的人不少。一场并非突如其来的雨，考验着人们的适应能力。

我干脆别了街道，举把伞徒步拐入白浪河岸。这条城市的母亲河，有太多人工雕琢的痕迹，清秀得有些做作，但总算是这个小城不多的亮点之一。雨滴不停地敲打着水面，泛起一个个圆溜溜的水泡，瞬间破碎，烟雨朦胧，倒显得别有韵致。

河岸的青石板也被冲刷一新，显水处还缭绕着喧腾腾的气息。一排孤筏，横亘河上，可惜少了独钓的蓑笠老翁。水车的轮子探在水中，静立无声，颇有些"疏影横斜水清浅"的意境。

两岸，草色绿得逼人，调皮的绿叶叶努力仰着头，不时被雨水拨弄得东倒西歪，杨柳，青松，百日红……肆意伸展，或疏或密，渲染着雨的氛围。怎么看，都觉得像幅生动的写意画。

这个世界一点都不寂寞，人们也不会辜负了这良辰美景。浪漫的恋人，同撑一伞漫步其间，爱情更加浓酽了吧？顽皮的学童们，跑着，闹着，不惜淋一身水，果真欢声振林樾。雨燕也没闲着，尖声鸣叫着，在水面上，倏忽一闪，掠去了。那可爱的小样儿，倒是让我想起儿时我家房檐上的那窝春燕了。

一路走来，五步一变，十步一景，视线被雨牵住，心情被荡涤一新。呼吸着新鲜的空气，欣赏着美丽的雨景，就觉得自己少了羁绊，是世上最自由、最幸福的人了。想想，生在北方，真是幸运，四季分明，少了许多审美疲劳。无论哪个季节，在不经意间，总会有一处风情令你迷恋。

这样的景致，你享受过吗？

围炉夜话

冬日暖阳温和地照射下来,暖洋洋的有些慵懒。很喜欢冬天,不为别的,只因为冬天有暖烘烘的炉火、漫天飘舞的雪花和这一抹冬日的暖阳。

冬天的夜晚来得急,白天的喧闹刚刚过去,夜幕便已降临。此时,关上房门自成一体,孩子的欢笑,爱人的温情,都会令人心情激荡。白居易的《问刘十九》恰如其分地道出此刻的心情:"绿蚁新醅酒,红泥小火炉。晚来天欲雪,能饮一杯无?"漫长的冬夜,若有三五好友围炉而坐,一起赏雪、品茶、饮酒、论事、谈心……那是何等的惬意!那种生活的乐趣与幸福,怕是神仙也会羡慕。

当然,知己相聚是件非常奢侈的事情,大家天南地北,终日忙忙碌碌,少有闲暇一起把酒言欢。可是,又有什么关系呢?想到友情,内心的温暖便会汩汩涌动,无论相距有多远,无论过去多少年,相信真情不会变老。只是,总要做些什么,才不辜负这静谧的夜晚,想来想去,还是围炉夜读最为相宜。

窗外漫天飞雪,室内暖意融融。围炉侧坐,捧一卷书静读,让身体在字里行间游走,让心灵与文字亲密交流,书人合一,这是对精神最好的抚慰,让人欣然感到,这个世界竟是如此宁静与祥和。沉浸于文字中的意境,暂且忘掉尘世的烦恼,白昼里的红尘纠葛,一去千里,唯有对生活、对生命的洞悉,令人神清气爽,豁然开朗。

漫长的冬夜在围炉夜读中变成一种美妙的享受。世事万物，仁者见仁，智者见智，"不必于世事件件皆能，惟求与古人心心相印"，凡事不必太过明白，但有心得，便足自慰。围炉夜读，心灵被淡淡的墨香荡涤一新，思想便有了无怨无悔的淡然与豁达。精神的富足是最大的富有，它让人有勇气面对一切困难而不畏惧，有信心走自己的路而不左顾。顺境不骄，逆境不馁，生命力变得更加强大。

喜欢这样的夜晚，静好，安稳。围炉夜读，孤灯相伴，浮躁的心变得沉静，寒冷的夜变得温润，就像一杯馨香的咖啡，叫人痴迷，令人留恋。

剪掉你的"尾巴"

深夜两点,儿子从睡梦中惊醒,慌里慌张地喊着:"坏了!晚点了!"就要起床上学。可怜的孩子,他一定做噩梦了!昨晚因贪看一场NBA加时赛,作业还留了个尾巴没做完就困了,说是一早起来完成,想不到这个尾巴搅得他觉都没睡踏实。

安慰他睡下,我却睡意顿消,拉开厚厚的窗帘,灰白色的夜空呈现在眼前。有一道探照灯射出的光线缓缓地不断变换着方向来回扫描,眼前的楼群泛着清冷的光泽清晰可见。原来我居住的地方夜空是灰白色的!夜空不是纯纯的黑吗?没有黑黑的夜色衬托,星星也有些暗淡,甚至都懒得眨眼睛。

害怕深夜醒来,周围死寂寂的静,连自己的呼吸声都感觉响得刺耳。这时,有些东西会不失时机地从灵魂深处冒出来,尤其那些带"尾巴"的事情,不请自来,一个劲地提醒自己是多么无知与无能,挥之不去。而当初感觉处理得挺不错的事情,也是那样经不起推敲,趁机来劫持自己的自信与快乐,凭空生出许多愧意!那些事都是自我意识太过强烈,我行我素,固执己见的结果,由不得自己,徒然增添若干无地自容之感。

过去的事情,如同流失的岁月,都是不可逆转的。如果想做什么"补救型的尾巴",无异于画蛇添足,自寻苦恼。也许,残缺的美才是真实的美!

"尾巴，尾巴……"是不是每个人每件事都会留下尾巴呢？我不敢确定。而尾巴常常搅得人心神不宁却是真的，甚至超过了事情本身。在这样的夜里，审视一条条尾巴，如同剖析自己的灵魂，真是感慨万千，自责不已却无处忏悔。

"明明是活在现在，却总是念念不忘着过去，又忧心忡忡着未来；坚持携带着过去、未来与现在同行，人生当然一片拖泥带水。"这"念念不忘"和"忧心忡忡"的，不正是一条条大大小小的尾巴吗？剪掉这些尾巴，也许会很疼痛，但是，剪掉的尾巴从此将不再掌控着你，你的人生会因此轻松起来，还犹豫什么呢？拿起剪刀适时剪掉身上的尾巴吧！让自己轻松愉快地活在当下！

拒绝一颗戏子的心

人生有许多无奈：壮志未酬身先死，落花有意流水无情……每一次无奈过后都会带你进入一个新的境界，或升华或颓废。

试想，在一个清寒如水的秋夜，你独在异乡。华灯初上，异彩纷呈，周围软语呢喃，唯独乡音难觅。你很孤独，像一个看客一样看着周围的一切。这一切是那么陌生，它们压根与你毫不相干，你只是这个环境的局外人。本能使你想找个人来倾诉和表达你的恐惧，借以驱散如影随形的孤单。你的手机里存放着若干个号码，但是，真正可以无所顾忌拿起来拨打的又有几个呢？有谁会在意你的感受，会真正懂你的心呢？茫茫人海可谓少之又少，有那么一两个已是人生之大幸矣！即使你有一两个可以倾心交谈的朋友，也未必有条件有机会在一起痛快淋漓地畅所欲言，纵有满腹心事也无法一吐为快，这是何等的无奈呵！

一对男女走在一起结为夫妻，初衷必是希望执子之手，与子偕老。可结果又如何呢？在琐碎的家务中，在日复一日单调的岁月里，有多少男女的激情与耐性被销蚀殆尽？于是，原本相亲相爱的两个人，或冷战，或为一点鸡毛蒜皮的小事唇枪舌剑，有的干脆分道扬镳形同陌路。一对息息相关的同林鸟变成相互折磨的怨偶，生生将幸福的伊甸园变成战场，虽不见刀光剑影，却也寒气逼人。这样的人生，实在了无生趣。

但是，无论如何，你都必须活着，快乐地活着，因为你的身体不属于你。你在世界上扮演着许多角色：你是职场上的排头兵，家庭中的顶梁柱；你是父母的孩子，是孩子的父母；你是朋友的臂膀，是社会的创造者；你改造了世界，世界也将你改变得面目全非……

你像一个戏子，每天粉墨登场扮演着各种角色，对于每一个角色，无论主角与配角你都不敢掉以轻心，稍稍懈怠都有演砸的可能。无论家庭还是社会，演砸哪个角色对你来说都是失败的人生。

人生之无奈何止这些呢？我们每个人都是世界这个大舞台的演员，也许唯有坦然接受角色的安排，投入地融入每一场剧情之中，尽情演绎才是无悔的一生吧？为了角色需要，你可以有身戏子的服装，但无论如何请保持内心的纯洁、正直、善良与真诚，不要有颗戏子的心。

女人味是女人的内涵

女人味是夸赞一个女人最好的形容词,女人没有女人味就像鲜花失去花香,日月失去光辉一样暗淡。女人味是女人的内涵,有女人味的女人即使不漂亮也惹人爱怜,没有女人味的女人会让男人兴味索然。

女人味是什么?究竟什么样的女人才具有女人味呢?

味,是用嗅觉来感知的,周身散发着淡淡清香的女人魅力无可抵挡。能够散发出淡淡清香的,必是优雅女子。那淡淡的清香并非完全是指女人的体香,还有看不见摸不着的女性特有的气息。优雅的女人不一定美若天仙,但她必有味道,这味道是从骨子里发散出来的自信、淡定、纯朴与从容,有着人格的独立与心灵的自由以及纤尘不染的灵魂。

很多女人在金钱面前会失去优雅,甚至利欲熏心唯利是图,失去人格与尊严,这样的女人令人作呕,失了女人味。有女人味的女人不是不爱钱,但她爱钱有度,没有铜臭味。她会视工作为愉悦,挣钱的目的是为了提升生活品位、提高生命质量,而不是为了守财,看她挣钱花钱都是一种享受。优雅女人的女人味是这样的:衣着得体、妆淡若无、说话和蔼、笑容可掬,无论什么场合都不会失态,在真爱面前却执着专一……

女人味存在于不经意间,比如一个浅浅的微笑,一个温柔的眼神,一句贴心的问候,一个善良的举动……女人味不是刻意而为的行为,是女性历经生活的磨砺,言谈举止不经意间透露出的淡定从容的韵味,是岁月沉淀而来的自然风景,是一种姿态,是"得到——淡然,得不到——仰望"的恬淡与安宁,不是所有人都能企及的东西。

女是味是女人的内涵,内涵只有不断学习,日积月累吸取大自然的精华才会拥有。有女人味的女人一定喜欢并善于学习,她会像个孩子一样对世界充满好奇,会随时随地以向上的姿态主动学习,不仅是书本知识,还有生存技能,以及为人处世的本领等。她的知识面丰富了,变得愈加优秀,知识给了她底蕴,陶冶了她的情操,她会变得温文尔雅善解人意,能够游刃有余地行走在人性丛林,因而,就有了一般女人所没有的那种芬芳娴雅。

当然,有些女人并没文化,甚至没上过几天学,但她很有内涵。像《渴望》中的刘慧芳,她把传统女性的善良、温柔、勤劳、宽容与博爱挥洒得淋漓尽致,感动了无数人,哪怕她是软弱的,哪怕她有许多缺点,但她在人们眼里女人味十足,与时下流行的"前卫时尚"女性有着天壤之别。

再漂亮的女人也经不起岁月的磨砺,长得再漂亮,如果出口成脏,行为不端,即使貌美如花,珠光宝气,也是庸俗和肤浅的。"腹有诗书气自华",只有知识能让女性的内涵丰富多彩,即使素面朝天,依然显得高雅雍容。所以女人味与容貌、学历、年龄无关,只与女人真诚而质朴的品性和美德有关。

女人味是女人特有的武器,是一种"媚"味。"回眸一笑百媚生",媚中含情,仪态万千,她爱自己,更爱他人。女人味是一种"羞"味,她说话不啰啰唆唆,行事不风风火火,张弛有度,逢人一笑,羞中带娇。脉脉含情的目光,嫣然一笑的神情,矜持优雅的举止,平添些许神秘感,千言万语难以描述,就连她顺手撩拨头发的动作都会让人怦然心动。女人味不单是女性的娇柔和妩媚,还有母性的善良与慈爱。女性最能打动人的就是温柔可亲、不矫揉造作、对人体贴、善解人意。

女人味还是一种风情，床下是淑女，床上是荡妇。这个"荡"不是指放荡不羁、人尽可夫的淫乱，而是一种情调，是真正享受生命带给人的快乐。她会把自己收拾得干净利落，将小家布置得玲珑有致，上敬老下爱小，从内到外透着女性的婉约与柔媚。即使她只是松松地挽个发髻，不经意间耳际掉下一缕头发，也是一种绰约风姿，那份神韵犹如唇上的一枝玫瑰，妖娆、绝美，开放在时光深处，不随光阴凋零，不随岁月褪变。

女人味究竟是什么？恐怕没人说得清，不同的人对女人味会有不同的定义。女人味最大的特点就是它的独特性，世间有多少种女人，就有多少种女人味。有女人味的女人一定美丽，一定有一颗柔软的心、感恩的心、欣赏的心、包容的心。她的心灵之窗一定闪烁着迷人的光芒，卓尔不群，让人遐思无限。

夫妻吵架多用褒义词

不炒股的夫妻若干，不吵架的夫妻几乎没有。吵架的起因可大可小，总起来说，婚姻中的男人女人，因其成长经历、生活背景不同，难免存在理念的差异，导致矛盾的产生，从而引发争执。吵架是夫妻之间的一门必修课程，也是夫妻坦诚沟通与交流的一种方式，适当吵架可以释放压力，吵架给彼此一个发泄的机会，夫妻在争吵中磨合，感情反而不减反增。

夫妻关系就像齿轮，两个棱角分明的新齿轮，初次啮合在一起，总有不适应的地方，只有运转一段时间，彼此的棱角渐渐打磨掉，相互熨帖的面积才会越来越大，直到完全吻合，也就走出磨合期了。但在运转过程中又会出现新的问题，所以，夫妻关系自始至终，争吵在所难免。走出磨合期的齿轮才能高速运转，经过磨合的婚姻才会升华。

但是，并不是所有的吵架都能增进夫妻感情，有多少夫妻就是因为吵架伤了和气，吵得筋疲力尽，两败俱伤，最终导致家庭四分五裂。因为在吵架时，男女双方情绪都比较激动，冲动之下往往口不择言，不计后果，逞一时口舌之快，从而大伤和气。

所以，吵架也需要一点智慧与艺术，既能将自己心中积郁的纠结消解，又能让对方体察到自己的烦恼与不满，从而让吵架真正成为夫妻沟通交流的一种特殊方式。

我有一对朋友结婚五年了，男人是医生，女人是老师。有次一起喝酒，酒至半酣，男人已有醉意，拉着服务员就不放手，嘴里"妹妹妹妹"地乱喊。在场的人只当是他喝醉了，笑闹不止，全然没有看到女人的脸色早已阴得像一朵乌云。

就在大家借着酒劲起哄的时候，女人忽地站起来，扯着男人的耳朵就骂。大家一下子愣了，才意识到问题的严重性。男人很要面子，之前一直吹嘘老婆多么温柔，对他多么宽容，这下算是当面给了他一巴掌。

男人经女人这一扯一吼，酒也醒了大半。他马上站起来，按着女人的肩膀坐下，说："亲爱的，你说，我一大老爷们，不喜欢女人还能喜欢男人呀？这说明我生理趋向正常啊！"女人一听更火了，直骂男人不要脸。男人马上接口道："哎呀！我可真有本事，竟然能让仙女一样的夫人露出了狐狸的尾巴，看来，我温柔娴静的娇妻很有河东狮吼的潜质啊！"

女人依旧气鼓鼓地，站起来就想回家。男人拉着她的手不放，再次请她坐下，说："亲爱的，我越来越佩服你了！我就好色这点'优点'，竟然也让你挖掘出来了。如果不好色，我也不会被美丽的你迷惑得神魂颠倒，至今痴迷不悔啊！"女人一听这话，扑哧一声笑了，男人趁机加了一句："你可真给我面子，怕人看不到，故意'啪'给我一个响耳光，嘿嘿！至今我的脸都火辣辣的。不过，我刚才喝高了，以为小姑娘就是你呢！放心，喜欢一个女人容易，爱上一个女人很难，我爱的只有你！"女人抿着嘴狠狠瞅了他一眼，脸上的乌云早已变成了红霞。

事后，我们都说这男人聪明，在那种场合，竟然三言两语就能化解掉一场干戈。男人意味深长地说："其实我那是变相批评老婆不给我面子，我有错在先，不想让她难过，所以我尽量用褒义词，爱她就要在意她的感受。"

清官难断家务事，夫妻吵架有时分不清谁对谁错，吵架肯定是因为有了矛盾。有矛盾不可怕，可怕的是用极端的方法处理。比如一味地沉默、逃避，或针锋相对、互不相让，只会让矛盾升级，无半点益处。鼓励赏识的话会令人信心倍增、精神愉快，尖酸刻薄的话，只会削减掉心中的暖意。

夫妻吵架要学会就事论事，要让对方明白，吵架只是想把自己的观点与想法讲清楚，无论如何都与她（他）站在一起，是想解决问题，而不是想把问题扩大，褒义词可以让对方感觉到依靠和鼓励，对彼此有更深的了解，肯定对方就是肯定自己的感情。而伤感情的话一旦出口，想要挽回必须付出数倍努力，甚至有些伤害，再努力也无可挽回。幸福的不二法则就是珍惜你所拥有的，夫妻吵架多用褒义词，肯定对方也肯定自己，这样的吵架才会令夫妻关系更加亲密无间。

做个嫁谁都幸福的女人

有人说:"女人无论嫁给谁都会后悔。"因为无论是谁,婚后生活的新鲜感在日复一日的琐碎中,终归会渐趋平淡,于是便有了"婚姻是爱情的坟墓"一说。然而,相对于宇宙洪荒,人的生命是短暂的,与其在患得患失中消磨生命,不如做个嫁谁都幸福的女人,快乐地度过一生。

嫁谁都幸福的女人懂得随遇而安,遇事不做无谓争执,不愤世嫉俗。无论遇到什么情况,懂得妥协谦让,用心享受路过的风景。

嫁谁都幸福的女人懂得知足常乐,不会盲目地与他人攀比,心理平衡、心态平和。俗话说"境由心造",女人幸福指数的高低与金钱、地位、荣誉无关,和她内心与外界环境的和平相处的满意度息息相关。知足常乐的女人是幸福的。

嫁谁都幸福的女人感情专一,不会"吃着碗里的,惦记着锅里的"而自寻烦恼。对于逝去的恋情会小心收藏在心底,当作自己宝贵的精神财富,从不轻易示众,更不会时常翻晒出来与现在的爱人进行对比。因为她知道,过去的恋情即使再难忘,也早已成了历史,善待身边的人,活在当下才是聪明的选择。

嫁谁都幸福的女人自信满满,她会把学习当成自己的终身习惯,不断提升自己的品位与素质。"腹有诗书气自华",这样的女人也许并不漂亮,但她一定有气质;韶华可以老去,却不会淡而无味。即使丈夫移情别恋，她也会优雅地转身，留下自己最真诚的祝福，去寻找属于自己的真正幸福。

　　嫁谁都幸福的女人至少有一项兴趣爱好，懂得照顾自己、保持自我，因为她知道，一个连自己都不爱惜自己，不把自己看重的女人，别人也不会珍惜她。

　　嫁谁都幸福的女人是聪明的女人，她有自知之明，懂得扬长避短，善用博大的母爱，化解浮躁的人生。她安静坦然，柔中带刚，谁娶了她都会甘之如饴、如沐春风。一个有能力让自己幸福的女人，也一定有能力让全家幸福。

用优雅的姿态示爱

最近网上有一则热闻，说一名"痴情"女子为见提出分手的男友一面在火车站跪了3个多小时。

网友对这位女子的做法褒贬不一，有人说她为痴情的典范，有人说她傻得可怜，更多的人则对她的精神产生了怀疑，质疑她是不是脑袋有问题。

爱的表达方式有千万种，这样极端的方式虽不多见，但在年轻人当中也不乏其人。女人对爱情的表白美在含蓄，小女子深情款款，含情脉脉，羞颜悦色，欲说还休……男人纵然铁石心肠，也会为之一动，那神情，那景致岂一个美字了得？像这样当街一跪，不见我就不起来，多少有些强人所难的意味，毫无自尊可言，哪还会让人产生疼惜的念头？不把人吓跑才怪。

爱一个人，对方的形象往往会高大起来，会让人暂时失明，缺点也成了优点，自己会有卑微的感觉。才女张爱玲也曾有过类似的情形："遇到你我变得很低，低到尘埃里，但我的心是欢喜的，并且在那里开出一朵花……"张爱玲可谓把爱到卑微的女子心理描述得淋漓尽致，但依然摆脱不了她与胡兰成分手的结局。可见，卑微的表达方式于爱情并无益处。

爱到没有自尊是一种悲哀。男人天性好斗，天生具有强烈的征服欲，越难得到的他会越加珍惜。对于高贵、矜持的女人他会另眼相看，而对这种爱到失去自我的女人往往不屑一顾。你爱得越深，离他越近，他逃得越快，离你越远。本性使然，男人对于无须太多努力便可得到的"猎物"大多没有多少兴趣。对爱情的表白如果失去自尊就成了自我轻贱与虐待的一种方式，已不能简单用"痴情"二字概述。

  女人可以主动示爱，但不能没有尊严，即使失去爱情，也不能失去自我。爱远去，不如优雅地转身，与其在以后漫长的岁月中让悲伤一点一点侵蚀到骨子里，不如松开枷锁，放了对方，也解放了自己，给彼此一个重新选择的机会。上天在此关了门，又会在别处开个窗。

夏日倾情

"梅子留酸软齿牙,芭蕉分绿与窗纱。日长睡起无情思,闲看儿童捉柳花。"闲读杨万里的《闲居初夏午睡起》,倚窗观望,午后的阳光倾泻一地,猛然发觉初夏渐远,盛夏将至。

日子总是在忙忙碌碌中度过,转眼人到中年。生活的滋味就如那青青的梅子,酸酸涩涩,却营养丰富,令人欲罢不能。

一颗沉静的心陷入茫然,暖风拂过,笑望红尘,草长莺飞,水溅花开,天地之间一下子热闹起来。

在北方这座小城生活了二十年,城市的天空中少有柳絮飞扬,自然少了些闲静雅趣。偶有几只麻雀从窗口掠过,一成不变的风景便多了些生动,少不得惊为天外来客。

内心常常涌动着一种原始的冲动,像儿时那样放松心情,在家乡那片寂寂无边的原野上打个滚,采大把大把新鲜的野花,编织一个漂亮的花环,戴在头上。任清香悄然四溢,芬芳蔓延,暖意满怀。在这明媚的季节,让一段情愫找到柔软的温床,尽情享受灵魂复活的欣喜与缤纷。

"似逐春风知柳态,如随啼鸟识花情。"布谷鸟是这个季节的信使,它用千年不变的歌声传递着丰收的喜讯。风吹麦浪,金玉滚滚,就如你轻柔的话语,瞬间蔚蓝了整个天空。于是,心变得柔软了,迷醉了,在麦香的芬芳下随风舞动,翩跹着一场执着的恋情,如同这夏日的骄阳，倾心一泻，多了几分炽烈，携万般妩媚铺满心怀……

推开心灵的门楣，缱绻在夏日的怀抱里，心已然没有一丝一毫的世俗，仿佛一切喧嚣，已于瞬间淹没在无边无际的绿意深处。我其实很想问问那些小花小草，它们的情绪可好，它们可曾因为一只蝶的飞过烦恼？我更想走近它们，在风清气朗的清晨，或夕晖轻洒的傍晚，抑或暴风骤雨的一刻，平心静气地倾听它们，这些生命里的小花小草，它们，可是像传说的那样，始终以自己的姿态恣意生长，不以无人而不芳，不轻易错过属于自己的花季，尽情演绎生命的精彩？

"二只青蛙，夹在我的破鞋子里，我走一下，它们唱一下。"记得读痖弦诗的时候，就被它丰富的想象力与幽默的表达方式所折服，分明是鞋子破了进了水，他却说是进了两只青蛙，叽呱叽呱地响，令人捧腹。这也许就是在滚滚红尘里讨生活，苦中有乐的况味吧！

听，飞花飘絮说话了，它们在温暖里次第开放，醉红了心底那一抹嫣然，如和煦的微风，吹散眉间的惆怅。夏天来了啊！

独来读网

喜欢读人,更喜欢读陌生人,自认为有超强的洞察能力。于是随便取个网名,从网上搜了一张美女图片作为头像,注册了一个微信号,作为自己窥探陌生人的窗口。亲朋好友、七姑八姨……凡是认识的一个都不加好友。在虚拟的世界给自己营造了一处世外桃源,感觉别提多痛快了。

自从有了这个私密花园,我的心情的确轻松了不少,每天像个蒙面人,躲在面具后面暗自窃喜。偶尔,我也会好奇地查看一下附近人的消息、动向,看到别人空间有意思的文章或漂亮的图片也会悄悄转到自己空间。

没想到,自己查看附近人的同时,别人也会看到我的动态,刚浏览了不到半小时,就有七八位网友主动打招呼,发送添加好友请求。我仔细地看了看他们空间的内容,从五花八门的信息判断他们的年龄与癖好。

人到中年,对于人性的认识愈加清晰,年轻人的空间总是花俏了许多,他们喜欢的文字不是职场秘笈就是爱情宣言,间或晒晒照片、发发牢骚,棱角分明,个性彰显。而中年人的空间则喜欢转载一些修身养性的法宝、养生健身知识,或者一些寓意深刻、内涵丰富的文字。

我从中筛选出两位空间内容比较符合自己品味的陌生人,接受了他们的好友请求，这样，我的微信圈便有了两位好友。

我决定隐瞒自己的身份与他们闲聊，其中一位一听我说是"家庭煮妇"，敞开心扉说他在教育系统干过啥职，高级职称，取得了什么成就……如果自己不曾在学校混过，照他说的条件，一定会让若干人景仰。后来，我不合时宜地问了句："能告诉我，您的真实姓名吗？"他开始变得小心起来，磨磨叽叽半天，先是答非所问，之后才问我能不能只留电话，不留名字。

我问为什么，他很坦诚地说他的微信是私密的，熟人不知道……我一听就笑了，原来他也是蒙面人啊！再以后，我们心照不宣地只看各自朋友圈的内容，再无语言交流，因为我们都知道，再继续聊下去，面具就有掉落的危险，这个朋友圈也就不再是放松心情的世外桃源了。

还有一位陌生人叫帝青松，他的个性签名是"耐得寂寞，厚积薄发"，颇符合自己的心境。他朋友圈的大部分文字是转载的，偶尔也会发几张照片，有花花草草，有工作动态，如果没猜错，他的工作应该与海洋或者渔业有关。

喜欢花花草草的男人对于美好的物事是没有抵抗力的，帝青松应该是比较有自信的中年人，因为他关注或转载的文字与中年人的朋友圈内容相吻合。说他自信，是因为他性情平稳，或者说事业比较顺利，很少看见他情绪化的表达。

帝青松也时常查看附近人的消息，应该是比较有闲或者说不用看老板脸色的工作者，至少属于衣食无忧的一族，当然也是寂寞一族，否则不会经常查看陌生人的朋友圈。这样做的目的或许与我一样，喜欢感受陌生人的生活，也可能是他的环境使然，他必须戴着面具微笑，表面风光内心彷徨。不过，一个关注灵魂的男人，品性应该差不到哪里，在当今金钱至上的社会，能够关注一下心灵的丰满与良善，真的难能可贵。

每个人的心里，都有一段美丽的风景，有段时间，每天必看四个陌生人的朋友圈，这四位的朋友圈就成了我赏心悦目的风景，其中一位就是帝青松。甚至在5月19日，我还将这四个人的名字写成打油诗，以示纪念。

当然，做这些事的时候，他们并不知道，因为我很少主动跟陌生人打招呼，远远地观望，默默地欣赏，静静地陪伴，让心灵触摸到瞬间的感动，足矣！

每天穿梭在人潮人海中，有多少人时时刻刻都要用面具掩盖住自己，因为他们害怕别人看透他们的内心，害怕伤害别人的同时也伤害到自己。层层包裹下的灵魂，时时都想挣脱掉面具的桎梏，出来透透气。可是，面具戴久了就成了皮肤，戴着很累，摘掉却会有撕心裂肺的疼痛。

我自己也有两个微信号，公号的内容是想让大家看到的，私号的内容是我想说而不敢公开说出来的。公号晒的是成绩、优点，私号晒的是心情、真实。两个号都是真实的自己，但都不是完整的自己。

不想虚伪，渴望真实，而我们不能完全扔掉面具。偶尔做做蒙面人，晒晒最真实的自己，何尝不是保鲜心灵的一种方式呢？

过个诗情画意年

又是一年寒假到,如何让小女度过一个"快乐而有意义的假期"这个老难题随之而来。往年她放假时,因为我还要上班,便把她锁在家里看电视、玩游戏,或者干脆送她到乡下奶奶家,由着老人宠她。每年节后开学,有好长时间女儿的心都收不回来,成绩颇受影响。

今年我打定主意,再也不能让女儿重蹈"放假就放羊"的旧辙了,没等她放假,就早早给她列了计划,啥时做作业、看电视,啥时带她外出活动,都有了明确的规定。另外,还要她每天背诵一首古诗,并特意挑选了一些与年有关的诗,让她学习。女儿掰着指头算了算,作息时间安排的比平时上学宽松了许多,便欣然同意。

给女儿的规定其实也约束了我的行动,每天晚饭后,我都要检查她白天的学习情况,虽然占用了我一些时间,但与女儿也算找到了一个话题交流,在你问我答中,女儿与我倒是越来越亲近了。那浓浓的年味便也从女儿嘴里呼之欲出:"故节当歌守,新年把烛迎……兴尽闻壶覆,宵阑见斗横。"(《除夜有怀》,唐·杜审言)唐朝除夕之夜,把烛迎新、通宵不寐地守岁,以及"尽闻壶覆"的游戏场景穿越千年时空,来到我们身边。

"……明年岂无年,心事恐蹉跎。努力尽今夕,少年犹可夸。"(《守岁》,宋·苏轼)苏轼前辈更绝,他的这首古诗词倒替我教育了女儿,今年过后明年虽然照旧会来,而早已不是往年的样子了。

告诫她要珍惜时光,从今天开始努力,不要让少年的抱负与理想随着时光的流失而消磨殆尽。

"人家除夕正忙时,我自挑灯拣旧诗。莫笑书生太迂腐,一年功事是文词。"(《除夕》,明·文徵明)当女儿说,她就像那个迂腐的书生时,我们相视一笑,女儿把自己比喻成迂腐的书生虽有些牵强,但说明她读懂了诗的意思,还与自己联系起来,至少说明她在思考,也算她读诗的意外收获吧。

"天地风霜尽,乾坤气象和。历添新岁月,春满旧山河……"(《己酉新正》,明·叶颙)春节是个喜庆祥和的节日,我和女儿既从古诗中体会到了那些久远的年味,也嗅到了春天的味道,给这个年增添许多诗情画意。

让微光温暖心灵

读过王十月的《总有微光照亮》，不知不觉间便喜欢上了这个富有诗意的名词——"微光"。

微光——宁静、柔和、雅致。心灵的田野，不需要炎炎夏日灼热的炙烤，不需要舞榭歌台镁光灯的闪耀，一缕微光足矣——它拂去了世俗的尘埃，照亮了迷蒙的旅程，它使孤独的心得到温暖，它使彷徨的心归于宁静。这心灵的微光，不是外物，正是真实的自我。

余光中先生的《听听那冷雨》，字字珠玑，濯清了多少浑浊的目光，荡涤了几多蒙尘的心灵。如果愿意，沏一杯温热的香茗，静坐于窗前，遍览屋后青山隐隐，细听帘外冷雨潺潺，未尝不是一件惬意的事。即使在雨中，心灵的微光便也跟着闪亮在眼前。

那么，就让我们感受一下微光吧！在清晨，在黄昏，在雨季……在微光中，真实的我会穿越闹市的喧嚣，踏过俗世的浮华，重新占据自己的心灵。

"昨日邻家乞新火，晓窗分与读书灯。"宋朝王禹偁轻易就把我们带到一个穷书生的冷僻天地，诗境虽有清寒之苦，但对于今天生活在钢筋水泥构筑的高楼大厦里的我们，能隔墙相伴，与邻居分享一缕微光，是多么奢侈的事情啊！

"为君持酒劝斜阳，且向花间留晚照。"夕阳西下，手持美酒，花间细诉，轻叹人生苦短……这是何等的缠绵与华美！还是让欢乐常驻，且行且珍惜吧。

在我的生命里，真正给我光明的是书籍，它使我远离浮躁，心绪宁和。它让我从容自信地行走在人生旅途，不为荣华而奔波，不为名利所诱惑。书籍就像一缕若隐若现的微光，时时照耀我心，它温润、舒缓、淡淡而过，用微笑般的温暖鼓励自己勇敢前行。一卷书，一杯茶，隔着时光的斑驳，轻嗅阳光的味道，时光的记忆便不失时机地将逝去的昨日还原，任世事浮沉，独淡然于心。

微光中，没有刺眼的日光，没有喧嚣的鼓点，只有一束熨帖灵魂的微光，照彻漫溢的阴霾，温暖着宁静的心田。或静坐，或远足，或与亲朋促膝谈心——也许孤单，也许失落，但宁静的心不会寂寞。循着微光，找寻心灵的至境，参透人生真谛。

当城市的浮华喧嚣充斥宁静的心灵，又有几人愿意远离名利，放慢脚步，感受微光带来的宁静呢？心灵若无微光照拂，生活会不会变得黯然失色？老舍先生说："巴黎有许多地方使人疲乏，所以咖啡和酒是必要的，以便刺激；在北平，有温和的香片茶就够了。"这，大概就是在温煦的茶香里找寻到心灵的佳境了吧。

还是少点儿喧闹吧，让微光温暖宁静的心灵。

衣服越少越健康

整理衣柜，一件用无纺布袋包裹得严严实实的衣服静静地悬挂在衣橱角落，表面一层薄薄的灰尘，似乎在无声地诉说着它被人冷落的寂寞。

我小心翼翼地弹去上面的灰尘，拉开布袋拉链，一套制作考究的笔挺黑色套装展现在我的面前，这套熟悉的衣服顿时将我的思绪拉回到五年以前——

那时，我刚在单位升任主管，手下一下子有了近百名员工。为了让自己看起来更有威严，便按照画报上白领丽人的样子，刻意买些非常合体的套装，还把头发高高盘起，走起路来目不斜视，员工见了，莫不震慑。只有自己知道，那些看似让人干净利落的套装，捆在身上有多累人。每天晚上脱下它们，我都像松了绑的犯人，任四肢自由舒展，别提多么惬意了。

渐渐的，我对那些必须穿高跟鞋搭配的套装有了抵触情绪。有一次跟朋友聊天，说到自己的困惑，他一语惊醒梦中人："真正的管理不是靠外表、权职压人，而是用你的人格魅力去征服别人，带领大家为完成某件事情做的一切努力！"

从那以后，我再挑选衣服时，逐渐把"美观"需求放在了"舒服"的后面。特别是2009年哥本哈根新一轮联合国气候变化大会，吹热了"低碳"概念，再也不像从前那样，换季就买新衣服了。衣服只要不破，就坚持穿下去，并把"少买一件衣服"作为自己的座右铭，既节省了荷包里的"米米"，也算为环保做了贡献。因为一件衣服从原材料的生产、制作、运输、穿用到废弃后的处理，都在排放二氧化碳，衣服越多、越考究，碳的排放量就越大。

现在到商店或网上买衣服，一般挑选一些简洁大方的天然棉、麻素衣，不再像从前那样买些工艺烦琐的化纤料衣服了。衣服越买越少，衣橱越来越清爽，我的健康和快乐却越来越多。

享受生命的清幽

半年光阴转瞬即逝，日子过得波澜不惊，甚至有些单调。

时常和爱人散步健身，在清晨，或黄昏，沿着小区附近虞河岸边的青石小道，自西向东两个路口的距离，然后从石桥走到对岸，再往回走两个路口，回家。香汗微渍，刚刚好。

偶尔，拗不过爱人的坚持，也会走三个路口的距离，回到家，已是浑身燥热，散步的乐趣便会大打折扣。三番五次之后，无论他用什么语气，我再不会"上当"，由他自己走完剩下的距离，各自欢喜。自己承受能力之内的坚持，才是真正的享受。

越来越不喜欢热闹，越来越喜欢待在家里深居简出，人在红尘，心在静园，不是为了逃避尘世的纷争，而是远避欲望的喧嚣。人到中年，渐渐懂得用减法生活，因为已经知道，所有的欲望都是在热闹里，而所有的沉沦，亦是在热闹里。远离热闹，就等于远离沉沦，自然也就离烦恼远些了。

时常一个人，或在热闹里寂寞，或在寂寞里热闹。热闹里的寂寞让人空虚，是安静的内心与周遭的喧嚣格格不入；而寂寞里的热闹则让心灵丰盈，是一个人话语越来越少，却不会感觉寂寞的充实。

这个季节是植物的天堂，满世界的绿风华正茂。合欢花开了，凌霄花也开了，紫薇、木槿、荷花……也次第开放，那奢侈的绿更多了些生动的色彩。依然喜欢随手抓拍，一朵花、一片叶、一池水、一只蜜蜂……随时可能被我的手机镜头定格。寻寻觅觅，走走停停，这个世界，从来不会辜负一双欣赏的眼睛。

聆听，凝视，遐思，徐行……听凭灵魂浅唱低吟，享受生命的清幽，有一点孤芳自赏，甚至顾影自怜。生活虽然单调，却也单调得干净。

与大自然相处，总让我感到踏实、心安。自然顺势而生，花开有序，不用迎合谁，更无须取悦谁，万物共生，不争不抢，只在属于自己的季节里倾情绽放。只要生，便努力长，旺盛的生命力令人叹服，不会因为你来与不来，而轻易放弃自己的美丽。

年龄渐长，更愿意将心灵安放到生命的一隅，远离热闹，独自丰富或高贵着。渡边和子说：在哪里存在，就在哪里绽放。人生的快乐就在于行走的过程，激情奔放过后，微笑着远离喧闹，一个人，独享生命的清幽……

以花的姿态安静等候

喜欢花,却不怎么会养,花就像孩子一样,也是需要用心呵护才会长势茁壮。浇水、施肥看似简单,却是有学问的,并不是肥施得多、水浇得勤就好,只有在花儿需要的时候给予,才是最恰当的。

我承认,素日对于网络的投入,远远大于对花草的关注程度,所以,我家的花花草草基本处于自生自灭状态。适者生存,那些自理能力强的花草,依然骄傲地挺立在我家客厅、阳台、书房……那些自视甚高,经不起冷落的花草早已成了昨日黄花,或徒留若干枯枝败叶萎缩在某个角落,不时提醒我,它们也曾茵郁繁华过;或早已当成垃圾被清理得无影无踪,空留几只花盆给人无限畅想。

最佩服那两盆虎皮兰,四年前,它们带着清除新装修房毒气的使命来到我家,在主人没有入住之前,就轻松占领了书房一角,靠十天半月一次的清水滋润,迅速繁衍壮大。有着厚实质感的叶片不但比原来更加硕大了,而且特别友好,不知什么时候,盆里冒出许多新芽,像兄弟姐妹一样你拥我挤,大有不破"瓶(盆)颈"不罢休的气势。于是,一盆分成两盆,两盆成了四盆……它在我家花中老大的位置算是坐稳了。

我家的吊兰名叫野草,纯绿的、带白边的、绿边白心的,宽叶的、窄叶的……因为主人的懒惰,它们伸着长长的脖颈,已然成了无规无矩、枝叶错综的垂盆草。别看它们外表纤细,貌似柔柔弱弱,除了先天基因，体型无法魁梧，那长势一点不比虎皮兰差。它也算我家的花之元老了，与虎皮兰有着同样的使命。

最喜欢那盆纯绿色的，它不像白边吊兰那么芊巧，但绿意浓浓、生机勃勃，每次看到它，对生命的敬畏便多了几分。那是怎样的一种恣意啊！在僻静的天地里，它无争无斗，无惧无悔，带着对生的渴望、对阳光的眷恋，倾情演绎着一曲生命的赞歌。

富贵竹在我家成了平民竹，一点不像它的名字那样娇气。茎干直立，株态玲珑，宠辱不惊，颇有君子风范。

玻璃海棠是我家的"绽放将军"，我不知道它的花期有多长，一年四季好像总看到它花开的模样。那花红得放肆，艳得没有节制，真是给点阳光就灿烂，性情倒是与我这个大大咧咧的主人有些相似。"猩红鹦绿极天巧，叠萼重跗眩朝日。"谁不是自己世界的主角？虽无意与日月争辉，但谁又会轻易放弃流光溢彩的一瞬？

……

花草世界，宁静祥和，徜徉其中，顿觉神清气爽。生命如花，美丽短暂，倾情绽放不过是生命的一个瞬间。盘点着我的花花草草，整理着它们的妆容，也梳理着自己的思绪。我愿以花的姿态安静等候，静候光阴老去，带着生的快乐享受生命的每一天。像一朵花一样安静淡然，但也决不轻易错过花季的约定。

再见，旧时光

胖了，尽管很喜欢，但两条 S 码的裤子不得不压在箱底，成为本人也曾瘦过的见证。

生活中，有多少美好的物事是你不得不放弃的呢？一个朋友，一段感情，一段岁月……并不是朋友不好、感情不深、岁月不美好，只是因为，即使你肯委屈自己，有些美好的东西也不可能让你感到舒适和快乐了。

时过境迁，原来形影不离的朋友，因为某个契机与你分道而驰，或者，即使你们一直同行，各人的体力不同，你们的距离越拉越大……于是，再在一起说话时，找不到原来的默契，共同话题越来越少，从无话不谈到无话可说也不过是几年的光景。

一对恋人走在一起，初衷一定是"执子之手，与子偕老"，然而，这样那样的细节与纠结，一点一点将两个人的感情消磨殆尽，最后不但朋友做不成了，甚至成了陌路。

就像我的 S 码裤子，如果我强行把自己的腰身塞到里面，带给我和裤子的只能是非常痛苦的感受，早已失去了人衣合一的愉悦和美感。

你可以指责我的变化，但变是永恒，只要活着。就像我的 S 码裤子，用一成不变的尺寸是没法丈量一个人的所有尺码的，它只能被动等待，等待一个"S 小腰"的出现，才能实现自己的存在价值。

"当一个女人变得越来越强势,你往她身后看,她的身后一定站着一个扶不上墙的阿斗。"电视剧《独生子》李奥的母亲这句话,给我留下了深刻的印象。事出必有因,有因必有果,任何变化都不可能是无缘无故的。局外人看表象,所以多误会。所以,眼见未必为实,因为你看到了,也许正是别人想让你看的。

一个朋友,走着走着,关系就淡了,甚至走散了;一对夫妻,走着走着,感觉没滋味了,不是谁变心了,而是成长的脚步不能同步,不能满足各自心中的精神需求。

每个人都是一本书,浅薄人只读封面,有心人会读内容,读过能入心多少?有多少人读《红楼梦》,就会有多少种解读:年轻人看到的是风花雪月,管理者看到的是管理技巧,历史学家则看到过去的场景……事实上,你能读到多少,就代表你的认知能力到什么层面。

所有不得不放弃的物事,都代表一段旧时光。我们唯一能做的,就是不断学习,不断适应,否则迟早会成为被时光遗忘的人。适时摒弃那些美好的物事,才可轻装上阵,让前行的脚步越来越轻盈。

再见,小S;再见,旧时光!

花出去的钱才有价值

老公常调侃我说没有花不了的钱,在北方这座小城,一个月一千也够,五千也能轻松找到花出去的理由,所以我们家的财政大权一直由他掌管。我并没有刻意去争取,依他的个性,就算我强行把财政大权"抢夺"过来,没准会逼他另建小金库。打个比方,如果一个月有十块钱,我会花九块存一块,而老公与我恰恰相反。

我跟他从小都生活在不太富裕的家庭中,对于花钱的态度却有天壤之别。我们花钱的态度或多或少带着祖辈的印痕,消费理念天生带有传承性。

有一天,他再次对我的大手大脚提出抗议,我便问他:"钱是挣来的还是省出来的呢?我有借债度日吗?"

答案在我预料之中:钱是挣来的不是省出来的,我没有借钱过日子。那么就是说我能做到量入为出,这是会理财的第一要素。从那以后他不再过问我花钱的事了,总算达成了共识,他省他的,我花我的。

邻居大爷生前是位极节俭的人,不舍得吃,不舍得穿,日子过得拮据无比,谁看了都会唏嘘叹息。谁知他去世后,儿女们在他衣柜里发现了近二十万元存款,而且最近的存款日期竟是他去世前两天的。这钱自然让儿女们瓜分殆尽。难道这就是老大爷生前的愿望吗?他节俭的目的就是这个吗?不见得吧!然而事实就是如此。

人生就是不断积累不断散失的过程，挣钱是为了花出去，只要花得值就没什么不妥。花钱的态度折射出人生的态度，有的人喜欢挥霍无度，只求一时痛快，这样的人喜欢冒险，敢把手里的钱尽数散尽，有赤手空拳走天下的勇气，当然疯子、傻子除外。有的人花钱总要余出部分不去动用，以备不时之需。而存储的部分占收入的多少，就取决于你对于自己的能力与未来抱有的希望有多大。有的人则舍不得花，喜欢看积蓄的数字不断上涨，他求的是一份安全感，事实上，钱积蓄的越多，安全感却未必跟着增长。

喜欢花钱的人会从不同的消费中得到不同的感受，有更多更精彩的体验。喜欢攒钱的人，得到的是占有的快乐和"手中有粮心不慌"的安定。

人生就是体验的过程，理当在力所能及的范围内，争取更多的机会来丰富我们的人生，当我们老了搬个小板凳在公园晒太阳时，定会有更多物事值得咀嚼，会有更多的美好记忆伴随我们的余生。

消费，不同的消费观，展现出不同的人生态度。钱转动起来，才会发挥其作用，花出去的钱才有实实在在的价值。

曲折的路，平和的心

累大概是现代人的通病。不知怎么，在键盘上轻轻敲下心中最真切的感受"累"时，酸甜苦辣一下子涌上心头，感慨万千，难以下笔。

累有许多种情况，主要分为体力的、脑力的、心理的和精神的，严重一点的是两种或两种以上综合在一起。体力、脑力的累休息一会儿，睡一觉就好了，而心理、精神的累呢？

当你在职场拼命努力，分明已经很吃力了还要强打精神继续向前冲锋时；当你面对复杂的人际关系不敢多说一句话，不敢把心中的阴霾挂在脸上，职业的微笑变得机械而僵硬时；当你灿若骄阳的面庞下，层层包裹着灵魂深处深之又深的孤独无处诉说时；当你失去一样很重要的东西还要装作毫不在意故作轻松时……你累了！真的累了！

我不是宿命论者，但现实一次次敲碎自己的梦想，不由自主地对原来的信念产生了怀疑，总感觉工作方面运气不是特别好。

参加工作近二十年，先后待过四个单位。

纺织技校毕业后分配到某纺织厂在车间流水线作业，年轻难免心高气傲，感觉在车间做工人分明是委曲"人才"，便凭关系调到某食品厂，做了一名销售人员，谁知才做了四年，工厂开始走下坡路。而后调入外经贸委下属的某公司，任办公室文员。殊不知，外表红火的外贸单位也是良莠不齐，这个单位自从调入效益就一直不好，先是发不出工资，勉强维持了三年，公司还是破产了。

那时刚生下小孩子，家里一下子拮据起来，心理压力挺大。在家待了近两年，便把一岁零九个月的儿子送进幼儿园，应聘进入私立潍坊市英才学府工作。

在英才学府，是我工作生涯中最苦最累也最快乐和最充实的一段日子。因为学校是私立性质，用工特别节俭，后勤部门几乎人人身兼数职，加班根本不是什么新鲜事。我跟老公也因此搬到学校住宿，真正过起了以校为家的日子。

对于这份来之不易的工作我非常珍惜，做得很卖力。当时应聘的人很多，像我这样没学历又无一技之长的职工，只要稍一懈怠就有可能被炒鱿鱼。好在这里重能力不重学历，所以我才有机会渐渐发挥出自己的工作潜能。十年间，我先后做过仓库保管、公寓楼经理、办公室主任、总务处主任、导育处主任等职。

就在自己踌躇满志准备这样到退休时，学校因种种原因还是办不下去了。人到中年，再次失业。家里上有父母要赡养，下有孩子要上学，没有学历，年龄的危机……再想找到合适的职位几乎是空想，命运再次把自己抛入悲凉无奈与谎惑不安中。物价一个劲上涨，就算自己手头有点存款还是恐慌不已，生活总得继续。

经过这些事后，反而非常坦然了，正所谓"办法总比困难多"，何不让自己在轻松愉快中实现自己的梦想呢？现在我每天都会拿出一点时间看看书，学习新知识，试着用笔将自己的心路历程记录下来，不断调适心理状态，偶尔也会有一些文字见诸报端，自有一种意外惊喜。

这是个急功近利的社会，很多人心浮气躁，我无法改变什么，我只能保持自己。保持自己的自信、勇气、信念、毅力，勇敢面对现实生活，凭自己的能力提升自己的生活质量。

让学习成为一种习惯

外甥刚调入中央军委某办公室,打电话说已安顿好。忍不住还是叮嘱他几句——

别把自己看高了

不要以为自己有什么过人之处,没什么了不起。上面这次下来挑人,你唯一的优势是模样周正,年龄适中。这些优势随着时间的推移会渐渐离你而去。所以要虚心向别人请教,事事保持低调,最戒张扬。

少说多做腿勤嘴严

初到一个单位,在没有融入这个单位之前,你看到的都是表面的、现象的东西。任何一个单位都有它的文化、人事、运作模式等背景。

少说话可以使你多聆听,你所有的认知都是通过聆听得来的。多做事可以让你更快地熟悉工作流程。

领导交代的事要悟透并马上去办,勿以任何借口拖拖拉拉。

多做事不是大包大揽。分内的、与同事合作的事要主动多做,切记不要自己主动拢事,尤其是动钱的事。

与人为善

虽然我在这个问题上很迷惑,它常常与"老好人"画等号。但与人为善益处多多,切记不要做没原则、没主见的"烂好人"。这不是单纯的虚伪,而是生存的保护色。人事问题盘根错节,你不可能完全知道他的背景。即便是你身边的一个清洁工或许就是"国家主席"安排的一个什么人呢！所以无论对谁，都要做到谦逊有礼。谈得来的多说几句，谈不来的，笑笑点头。无关紧要的不必坚持己见。

喜怒哀乐勿形于表

没事多练习察言观色的本事，这样或许会失掉你一些天真的个性，但对你绝对有好处的。

举个例子说吧，你一听到什么话就眉开眼笑，别人就会知道你的喜好。在他需要你的时候就会投其所好，你怎么被人利用了还在那美滋滋地不知道呢。而一听到什么话你面带怒容，别人也可能因此激怒你，而使你自乱心智，他想顶你的角，还需再用其他招吗？

当然并不是所有的人都会这样，大多数人还是真诚善良的，可以放心交往。但"害人之心不可有，防人之心不可无"啊！知道一些人性的丑恶还是有必要的。

让学习成为你的习惯

当学习成为一种习惯时，它就是一种乐趣。学习可以让你增长知识，丰富自己。

利用一切机会多学专业知识，这样可以增加你的竞争资本。

每个人都有自己的长处，多向身边的人学习，学习他们的经验、特长，为人处事的方法、承受挫折的能力……学习一切可以学习的东西。

注意身体

身体是一切的本钱，不管多忙，不管多累，要懂得调适。要有个积极向上的心态，保持愉快。在社会这所大学，你要学的东西很多，今天暂不多谈，他日再细说吧。

对这些不理解没关系，这是过来人的切身感悟，只要记住我是为你好，那就听我的吧。

第二辑　伸出你的手

伸出你的手，用关爱温暖一颗心，那么，每个人心中都充满了爱。

人与人之间只要多一些理解，多一份付出，就能唤醒爱的正能量，这个世界就会多一些温暖。

用微笑推开灾难

傍晚,在行政街头看见一堆人在围观,本不是爱凑热闹的人,只是听见人堆里传来欢快的二胡声,觉得有些奇怪,遂停下脚步。

一向认为二胡用来表达悲伤最为恰当,如果和欢快沾上边,就有些别扭。我好奇地向人堆走近,透过人群缝隙,却看见一幕令人难忘的画面——明媚的阳光照耀在一个正在拉二胡的人的脸上,这个人,没有眼睛!

是的,没有眼睛,本该长眼睛的地方是两个暗红色的深洞。鼻子和嘴被狰狞的疤痕扭曲在一起,样子很恐怖。奇怪的是,他脸上的祥和平静在那张恐怖的面容上却有着异乎寻常的和谐,甚至于和他手里的二胡发出的欢快乐曲浑然一体,体现得那么自然,好像天生就该由没有眼睛的他用二胡演奏欢快乐曲一样。

悠扬的曲调在街头迂回萦绕,围观的人越积越多,却静的有些诡异。远处的汽车声、喧嚣的叫卖声似乎都悄悄地隐去,此刻只剩下那首乐曲。

人们轻轻地向他眼前的磁缸子放进或多或少的纸币或者钢镚,似乎怕惊醒沉浸在音乐中的那个人——也许他不知道有那么多人在看他,他倾注了全部的情感在那几根琴弦上,时而咧嘴微笑一下,那温情的微笑似乎与城市的冷漠不相协调。

围观的人个个表情肃穆,充满同情,不知他是怎么变成这样,怎样学会拉琴，怎么生活的……没有人说话，但每个人都无限悲哀地沉浸在欢快的二胡声中看着他那张怪异的脸出神。只有他笑着，在专注地演奏着他一个人的乐曲。

  他在想什么？是否抱怨过命运的不公？在他残缺的脸上根本看不见悲伤，我不明白他怎么会有这样纯净的笑容。

  以前时常觉得自己经历坎坷，自以为已经很懂得生活的艰辛了，可看见这张脸的那一刻，我突然很想哭。根本不用比较，自己所谓的苦难与眼前这张笑意淡然的脸相比，只会让人羞愧。我掏出口袋里所有的钱放在他面前的磁缸子里，快步走开……

  一个用微笑推开灾难的人是值得尊敬的人，他用他的笑容征服了这个浮躁的城市以及城市中冷漠的人们。那张残缺丑陋的脸上，不时闪烁着温暖的光，就像一朵太阳花盛开了一样，让人永生难忘！

我是您过路的女儿

下午去邮电局取稿费,快过年了,邮局里办理邮寄业务的人特别多。我边排队边左顾右盼,扭头看到有位老太太,低着头坐在柜台后面的转椅上缝包裹。包裹并不大,鼓鼓囊囊的像个不规则的橄榄球,看样子她是想寄什么东西。

这位老太太七十多岁的样子,戴一副老花镜,拿针的手微微颤抖,半天缝不上一个针脚。不知为何,我一下子想到了我的母亲,几乎是本能地走过去对她说:"阿姨,我帮您缝好吗?"

老太太抬起头,没有推辞就把针递给了我,嘴里絮絮叨叨地说:"刚打完吊瓶,手没有力气,咳咳!真谢谢你!"说着,她站起来想把椅子让给我,我推说坐着不方便,还是让她坐了下来。我的女红虽不好,但缝个包裹还不至于让自己太难堪。

很快,包裹缝好了,我让老太太验收一下,她连连说:"好!好!还要你帮个忙行不,地址再帮我写上好吗?"我接过她手里的纸条,上面有两个地址,刚要开口问询,老太太指了指旁边的一个箱子说那个也是她的。

在老太太的示意下,生怕写错了,我出声读着纸条上的字,分别往纸箱和包裹上写着,老太太连忙说对。写完后,将她的两件包裹递给邮递员,邮递员优先处理了她的业务。很快,办完这一切,老太太浑浊的眼睛湿润了,大声说道:"谢谢,谢谢!今天碰上好人了！碰上好人了！"

　　旁边的人开始向这边张望，我嘴里说着"没事没事"，低头快速闪到一边。老太太这样一喊，突然感觉自己倒像是在哗众取宠，浑身不自在起来，恨不得找个地缝钻进去！

　　办完业务走在街上，外面冷得可怕，凛冽的西北风像小刀一样在脸上划着，吸到鼻腔的气体也像凝固了一般。阳光从厚厚的云层缝隙照射下来，天空中飘着雪花。多么奇怪的天气啊！边出太阳边下雪！雪落在地上很快就没了踪迹。一辆汽车急驶而过，雪竟像白烟一样尾随着汽车狂飞乱舞，那景观甚是奇丽……这样的雪叫清雪，是过路的雪，是一朵云飘过留下的痕迹。晴朗的天地间因为这过路的雪，平添万千异彩！

　　我又想起那位老太太，一位带病把自己的心意寄给远方亲朋的老母亲，鼻子一酸……老太太眼圈红红的样子，感激的表情，以及她大声说着"今天碰上好人了！碰上好人了"的画面一直在我眼前闪现。这本是一个女儿很自然地为母亲所做的事情啊！难道还要母亲感激涕零吗？在内心里，那一刻，我俨然就是她的女儿，做着不足挂齿的一件小事而已，不是吗？真的要感谢那位老太太，是她给了我一个做好人的机会！就如眼前倏忽而逝的雪，我是她过路的女儿啊！

蹭书看的小姑娘

书香苑是本市最大的图书批零市场，云集了几十家图书运营商，新华书店也在此设有分店。为培养儿子的读书兴趣，差不多每个周末我都领他到书香苑逛逛，每当看到儿子手捧着自己喜欢的读物不愿意离开，我都感觉无比欣慰。

每次走进一家叫"小百花"的儿童书屋，都会看到一位漂亮的小姑娘，和儿子差不多年龄，静静地坐在那里看书。当儿子随意拿本书翻来翻去时，小姑娘便会轻轻地走过去，给儿子推荐一些新书。看得出，那些书，她都读过，讲解得声情并茂，颇有吸引力。如果儿子感兴趣，拿过她推荐的书来看，她便高兴得像只小鸟；若是儿子要求我给买下来，她的小脸更是兴奋得像一朵小花绽放开来，红彤彤的，煞是可爱。

有一次，我开着玩笑对老板说，你这个小"书托"可真不错！老板爽朗地笑了，说："美玲可不是我的书托，她是来蹭书看的！"我不禁有些好奇，追问老板是怎么回事。从老板的叙述中我才知道，那小姑娘名叫美玲，家住附近，她的母亲三年前因车祸去世，父亲常年在外打工，小美玲跟着年迈的奶奶度日。

美玲从小喜欢看书，家里却没有多余的钱给她买书。不知从什么时候开始，没人陪着玩的小美玲开始来书市蹭书看，许多店家看她长时间只看不买，便不欢迎她去，只有"小百花"的老板从不赶她走,渐渐的,她便只来这里蹭书看了。

我的心里,莫名地涌起一股暖流,当许多人绞尽脑汁培养孩子的读书兴趣时,哪里会想到,还有一个叫美玲的小姑娘对书如此痴迷?!就像一朵不起眼的小花,对阳光雨露的渴望!

从那之后,凡是美玲推荐给儿子的书,我都多买一套,送给她收藏,书在喜欢的读者手里才最有价值。每次送给美玲书,她脸上那份不加掩饰的欢欣,那份暖暖的感动,叫人难以忘怀!

拐　子

有一种爱生来就是忧郁的，感觉越真痛苦越深；有一种爱生来就不能表白，只能在暗夜绽放独自妖娆。它像盛开的罂粟花，艳丽却有毒，只能任其滋生或者灭亡。

和拐子第一次见面是在火车上，之前我俩便在QQ上聊得很投机。我们同去青岛采访，他从北京上车路过我的城市；我从济南上车，与他会合。他用短信告诉我他的车厢有空位，让我不要到自己车票的座位。

走进6号车厢，我的手机欢快地唱起"走过咖啡屋"，刚刚接通，便看到车厢中部一个男人从座位上站了起来，跟照片上的拐子一模一样。结果他身边的空位早已坐上乘客，于是，我俩往外走，在车厢尾部找到两个相连的空位。

坐定，抬头看到拐子正笑眯眯地打量我。我脸一红，突然不知该说什么。拐子去服务台要了一个纸杯，把自己杯子的水倒一些给我。短暂的拘谨过后，我们又像在网络上那样无所顾忌地聊了起来。

到达青岛才10点，我和拐子决定先去采访，再找旅馆休息。在顺顺酒店，老板向我们讲述贺顺顺的故事，不时用眼睛瞟一眼我俩。说到动情处，便喊拐子为大哥，喊我嫂子。没等我纠正老板的称呼，拐子已微笑着抢先说了声谢谢，请他继续讲述。

采访结束，酒店老板郑重其事地说我俩有夫妻相，说为我们推荐一家绝好的旅馆，可以看到大海的潮汐涨落，欣赏海鸥与海浪的合唱，享受纯正的青岛啤酒。还说权当再度一次蜜月，并祝我俩青岛之行快乐。这一次我没有解释，用超然的微笑面对老板的误会，生怕破坏了那份美好的祝福。再看拐子，他倒有些不好意思，用手搔着短短的平头，表情隐隐约约有些窃喜。

老板热情地留我们吃过中饭，然后去他推荐的旅馆，开了两间房午休。一觉醒来已是傍晚，我们在海边的一家小酒馆吃海鲜、喝啤酒，而后去沙滩上聊天。他说当前文学趋势，说他毅然辞去报社主编一职成为自由撰稿人，说这些年的心路历程……我说我的家庭、爱人和孩子……我很久没有那么开诚布公地跟别人讲过自己了。

后来，我们俩谁也不说话了，甚至不敢互相对视。我们不是小孩子，早已从彼此的眼神中读出了朦胧的渴望。那一刻，时间仿佛凝固了一般，我听到彼此心脏猛烈撞击胸脯的声音，但是谁也不敢贸然说出口。

有的人，一辈子面对面却说不了几句话；有的人，说了一辈子话却只停留在表面，不会触及灵魂；有的人一面之缘却一见如故……就像我和他，好像上辈子就相识似的，没有一点隔阂与客套，有的只是不着痕迹的亲切与自然。

"我们作诗吧！"也许只为打破尴尬的沉默，拐子开始吟诗——

谁曾守候心的长空／那道赤橙黄绿的彩虹／谁曾沉吟远隔／浩瀚岁月的／戚戚共鸣／／

多想裁一方梦的霓裳／为你遮挡人间的寒凉／多想沐浴于你的端望／像一条投入碧潭的游鱼／在那痕深深浅浅的秋水里／沉浮一万年激起千层浪／／

谁轻轻抚弄／心灵的萧孔／谁不眠的心跳／悠悠荡起隐隐的钟声／也许是心有灵犀的通融／拟或是千年祈颂的万幸

/ 平生得你一抹笑 / 今秋今冬就不会寒冷 / 今生今世就不再平庸 //

仄仄心律 / 阙阙感铭 / 只有你懂我懂

我像被感染了一般,脱口而出——

沉默的风缓缓吹过 / 前世的回眸吹来 / 今生的相约 / 羞涩的风淡淡掠过 / 深海的暗涌幻化成 / 海天一色的宁和 / 不羁的风悄悄袭过 / 盛开的雪花凋落成 / 春的使者 / 如果可以选择 / 我愿变成海边那块礁石 / 与海相守 / 触摸岁月的流逝 / 与期待的快乐……

那一夜,我们终究没有回房间去睡,在海边整整坐了一夜,似乎知道这样的情景不可能再有。或许因为责任,或许因为道德,或许什么也不是,只为创造这样一种情调。有些花尽管开得硕大无朋,但结出的果子却剧毒无比,就像罂粟。而有些花尽管并不比玫瑰逊色多少,但开过后却永远结不出果子,因为它开得不合时宜。或许我们都不希望看到果子的丑陋,所以,我们选择祝福彼此。生命的长河有那么一瞬间的痴迷足矣,永在彼岸相望守候也是一种爱的姿态。

离开青岛时,本想给他一个拥抱,结果只是定定地站在那里看着他。我不怕别人觉得我们暧昧,只怕拐子觉得暧昧,重要的是怕因此失去与拐子的默契。

我曾问拐子,"拐子"是什么意思。拐子说,"拐子"就是哥哥。那一刻,我心目中,他就是"拐子"!

情愿相信他

在青岛火车站广场，朋友去洗手间，我在门口花坛边等他。正是旅游旺季，广场和马路上人来人往，车流不息。人们大多行色匆匆，脸上或愉快或焦躁或面无表情，每个人都用自己的方式享受着青岛的空气和阳光。路对面，就是大海，我站的位置虽看不到海面，但仍然可以闻到海洋特有的咸腥气息。

"大妹子，俺家是胶州的，刚刚丢了钱包，回不去了，给我五块钱买张车票好吗？"不知何时，身边站了一位五十岁左右的男人，头戴苇笠，左手提一黑皮包，皮包很老旧，少见的铁拉链横在上面。右手伸到我的面前，眼睛满是期待的虔诚与惶惑。

我的脑海立时涌现出若干上当受骗的画面：幼小的学童跪在桥头，地上写着不幸的身世，向路人乞求施舍，而不远处，正有一个成年男人监督着他的一举一动；一妇女怀抱小孩，坐在那里一遍遍诉说家乡遭遇水灾，家里房倒屋塌，无处安身只好乞讨度日；中年男子化装成瘸腿瞎眼状，假扮残疾人乞讨，转身便换身行头去到饭店大吃大喝……

"求求你！大妹子，五块钱就够了，我就买张车票回家！"大概看我犹豫不决，那个男人再次盯着我的眼睛低声下气地说。看他疲惫不堪的样子，我顿时动了恻隐之心，不就是五块钱吗？对我来讲五块钱根本算不了什么，而他却因此可以回家跟家人团圆，就算被骗去又如何？反正损失小得可以忽略不计。我一言不发，拉开手袋，从装零钱的地方抽出五块元给了他，他千恩万谢转身走了。

这一幕恰好让朋友看到，他走近时那个乞讨的男人已经走远了。朋友摇摇头说，你怎么不长记性呢？要上多少次当才会看清人性的丑陋？五块钱能买到去胶州的车票？我一笑，不去辩解，因为我知道，我的辩解在他强势的驳斥和鲜活的事实面前，只会变得苍白无力，心情也会因此变得懊恼糟糕。

我暗暗安慰自己，如果我不去相信那个人，我的良心会很不安；而相信他，虽然会失去几块钱，但我的心情是坦然的，灵魂是安宁的，所以，我情愿相信他！

老农的木耳菜

木耳菜是一种绿色藤类植物，与平时所说的菌类木耳完全是两个概念。我喜欢用木耳菜的叶片做汤，知道它种起来虽容易，但也容易长虫子，菜农要经常喷洒农药。所以每次买菜我都下意识地问一句："这菜喷过农药吗？"明知菜商未必告诉我真话，还是要问，听到"没喷"，心里才觉踏实。

傍晚，路过菜市场，一位老农正用渴望的眼神看着过往的行人，看到我走近，忙说："妹子，捎点木耳菜吧！你看多新鲜！"他可能累了一天了，腰有些弯，汗涔涔的，一脸倦容。我顿时动了恻隐之心，走过去。边往袋子里装菜边习惯性地问："这菜喷农药了吗？"老农连忙回答："这是自家种的，自己吃不了才来卖，没喷农药呢！"

"真的？我可是给孩子吃，别骗我！"

"放心吧！我不会骗人！"他说。

一元一斤，称上二斤继续往前走，又在别处买了些豆角、土豆，正弯着腰挑选小香葱，背后有人扯了我一下衣角，回头一看，很面熟，却不记得她是谁。

"妹子，我是刚才卖你木耳菜的那家，老头子让我追来告诉你，他想起来了，这菜刚发芽时，喷过两回农药。"她伸过手，我才看到她手里还捏着两元钱，表情惶恐而虔诚："这是你的菜钱，把菜退给我吧,别伤着小孩子。"

　　她一脸对不住我的样子,堆着笑。我一时语塞,两眼发热,内心深处被轻轻触动,柔柔的,暖暖的。木耳菜长至盘藤上架才能摘叶来卖,别说药效早已过去,她这么坦诚,即使不能吃,这菜我也要定了!

努力做个值得朋友交往的人

在博客上,意外收到某美女的纸条,其中有句"知道的人都是朋友"让我眼睛湿润了。在内心里,她是那样优秀!大学毕业,为爱跨过半个中国,有一份令人羡慕的职业,口碑极佳,成绩斐然。业余时间灵魂在文字中放逐,文章不断见诸报刊,出过两本书……对她,我一直远距离地仰望。

然而,她又是本色的,不喜欢掩饰自己的心情,喜怒哀乐皆形于表。骨子里,她是单纯的,单纯在这个世界上是难能可贵的品质。她的单纯并不是不懂事理,而是对于人情世故了然通透的悦纳与豁达。单纯的人注定不懂得用复杂的手段保护自己,也许为了躲避伤害,她常常像风一样,来无影去无踪,平添一份神秘感。

我是很感性的人,常常为一些看似不起眼的东西感动不已。也许只是一句话、一个微笑、一些琐碎的细节……便攫取了我的心。我知道,在别人眼里,我的选择有些不理性,前路满是崎岖与荆棘。可是我喜欢,没有什么比"喜欢"更充分的理由,喜欢是动力之源。

我只是平凡的中年女子,不能免俗地被一些俗事烦扰,比如时间的紧迫感让我常常开着QQ却不理会别人的呼叫,比如金融危机的影响,比如期望孩子出类拔萃而付出的努力……依然不喜欢称自己为"女人",女人有些沧桑与世故,而我希望自己是鲜活的,是对世界充满激情与好奇心的女子。这是一种心态,与年龄无关。而我又不甘心这样的平庸与碌碌无为,所以,选择坚持,选择跋涉,只为对得起所有称自己为"朋友"的朋友。

有时,我也很浮躁,总是静不下心。这时我会痛恨自己,痛恨自己过于敏感。并不是别人使得自己困惑,而是自己不愿意走出厚厚的心之堡垒。我喜欢礼貌待人,礼貌的另一面是虚伪,它让我说出来的话不再棱角分明,不再看山是山,看水是水,而是模糊的,甚至温情得像杯温开水,淡而无味。

昨晚一直在听辛晓琪演唱的《味道》,后来又换成没有歌词的竹笛,这首歌曲的音律很耐品。《味道》表现的是一女子怀念情人身体味道的内心独白。每个人都有自己独特的味道,就像我的朋友那样,每个人散发出不同的味道,给人不同的感受。从他们身上总会有不同的收获,有的教会我自律,有的教会我坚持,有的教会我感恩……而我要做的,就是努力做一个诚实的、正直的、善良的、快乐的、健康的、向上的、值得朋友交往的人!

与澳大利亚人为邻

因工作关系,曾在澳大利亚维多利亚州东南部的墨尔本住过一年的时间。我们居住的地方是一座独门独院的敬老院的旧址,古老的英伦风格的建筑物与花木葱郁的河畔景观融合在一起,远处的繁华即刻被安谧所代替,我一下子就喜欢上了这个花园一样美丽的地方。

然而,新鲜感与兴奋情绪还没消退,我们却遇到了麻烦。有一天晚上,我与几位同事在驻地一起喝啤酒,说说笑笑,气氛热烈。不知过了多久,听到有人敲院墙。所谓院墙,只是一道既不挡君子又挡不住小人的绿色篱笆,随后看到两名警察走了进来。问明原委才知道,由于我们说笑声音太大,影响到隔壁的邻居休息,他们报警了。我们不得不接受警察的审讯,不知是被我们虔诚的道歉所感动,还是体恤我们初来乍到,两位警察认真备好案,既没起诉我们,也没罚款,有惊无险,只是之后负责这片地区的警察加大了对我们这里的巡查密度。

第二天,我们主动将从中国带来的一只手绘风筝送给邻居,再次诚挚地向他们道歉,他们宽容地笑了,与我们握手言和。本以为从此可以相安无事,谁知一个月后,又发生了一件事,令我们大跌眼镜。

我们的院内有一大片绿油油的草坪,刚租下房子时,草坪是刚修剪过的,非常干净整洁。一个月后,草坪上的小草愈加繁茂,甚是养眼。那天刚回到驻地,就看到警察早早在门口等候我们了。原来,又是邻居报警了!他看到我们的草坪未及时修整,说耻于与我们为邻,请求警察依法处理。这次我们没有那么幸运,被限期修整草坪,还被罚款五百澳元。要知道,当时人民币对澳元的汇率是六比一,三千多人民币就这样没了,我们心疼之余,再也不敢对身边的花花草草掉以轻心了。

两次交锋之后,邻居见了我们仍然若无其事地微笑问好,我们开始对他们采取敬而远之的态度。

转眼冬天来到了。供暖那天,我发现房间暖气片上有只"跑风"漏水,用手轻轻一拧,"跑风"一下子断裂开来,热水顿时从"跑风"孔直射出去。我急忙用手捂住,大声喊同事来帮忙。五分钟后,闯进房间的不是同事,而是警察!原来,又是邻居听到我在楼上大喊大叫,不知发生了什么事,再次报警了。这次警察不但没有罚我们的款,还帮我们打通了保险公司和物业公司的电话,物业公司经理亲自登门向我们道歉,很快检修好所有暖气设施,保险公司也及时向我们赔付了因暖气跑水造成的地板损失及我们受惊的精神赔偿。

与澳大利亚人为邻,有喜有忧。他们爱"管闲事",对环境的维护早已成为一种非常自然的自觉行为,这对我们触动很大。

感受美国的中学生生活

两年前,曾有幸跟随齐鲁名师讲学团到美国康州观摩学习,亲眼看见那里的孩子每天的学习生活情况,尤其看到他们从小就以职业为目标选择课程,内心不免感慨万千。

依山傍水的学校、木屋,以及木屋中的壁炉,这些原本在画上才能看到的景致出现在眼前时,顿时令人为之一振。我去的那一户人家是个快乐的三口之家,父亲是一名工程师,母亲是一名农场花匠,14岁女儿丽蒂,是康州某校初二学生。到达丽蒂家已是傍晚时分,主人热情地向我们介绍他的家人,以及他们家养的狗和马。他们郑重其事地向我介绍他们的狗和马时,我有些意外。在主人眼里,他家里的狗和马,已经很自然地成为家庭中的一员,主人对待它们像自己的家人一样。其乐融融的氛围是那样温馨,一股暖流荡漾心间,令人很是感动。

第二天清晨,丽蒂已坐在餐桌前等候我们起床,餐桌上放着几片面包,人均一份的煎鸡蛋、牛奶和生菜。她告诉我们,父母早早上班去了,早餐是由她准备的。早饭后,我们跟随丽蒂出门去学校,感受她一天的学习生活。

学校上午9点上课,课程有大课小课之分,大课每节72分钟,小课每节48分钟,课间休息5分钟。没有午休,午餐时间只有15分钟,然后接着上课,下午3点半放学。

放学后，丽蒂并没有马上回家，而是到农场学校学习养马，这是她的选修课。丽蒂的理想是当一名饲养员，家人对她的选择非常支持，并不像中国家长那样对子女寄予这样那样的厚望。在他们看来，成为什么样的人并不重要，孩子能够按照自己的兴趣与爱好，快乐地生活最重要。他们认为，任何职业都是平等的，都应该受到尊重。

在导师的指导下，丽蒂抱一捆草放在马厩，然后开始梳理马鬃。我问丽蒂，为什么选择当饲养员时，丽蒂说，马是人类的朋友，她从小就喜欢马，跟马在一起她很快乐。她说，这也是依照她家庭的经济情况和自己学习成绩而确定的目标，如果她家很有钱，她的成绩再好一些，她可能会选择上哈佛。

听到丽蒂这句话，我有些吃惊。丽蒂像个大人一样，给自己制定了未来的目标，既切合实际，又是她的爱好所在。原以为美国的孩子就像生活在天堂一样，想做什么就做什么，但事实告诉我，这种以职业选择课程的方式在美国相当普遍。

温情推荐信

春节后刚上班,同事小庞不顾领导挽留执意递交了辞职报告,打算跳槽到另一家更具实力的公司去发展。领导见她去意已决,没有为难她,迅速派人跟她交接完毕,给她结清工资,并亲自写了一封推荐信让她带上,像叮嘱孩子一样,告诉她如果遇到困难,可随时回来找他。

那封推荐信是领导亲自手写的,信中肯定了小庞的成绩,点明她的优点与特长,还说她的离开是公司的问题,并为公司没有留住人才而遗憾。那封推荐信写得情真意切,让我个旁观者都有些动容。

小庞大学毕业来到公司才三年,是公司刚刚把她从一个不谙世事的学生,培养成了具有独立工作能力的员工。说实话,这样只顾自己前程,不顾公司利益的做法,我都感觉有点过分。但领导不但不生气,反而开导我说,年轻人就应该有自己的梦想和追求,梦想能不能实现并不重要,重要的是你必须去做。如果年纪轻轻就安于现状,除非你特别喜欢自己的工作,否则,很难出成绩的。

俗话说:"铁打的营盘流水的兵。"人才流动是再正常不过的事情了。见过因辞职扣发工资的,见过人走茶凉,立马说人坏话的,却很少见给跳槽者写推荐信的。且不说那封推荐信能不能起到作用,单就内容来讲,这种类似于实习鉴定般的中肯评语,本身就是一种宝贵资源,因为,并不是所有人会这样认真地对待别人,并不是所有领导会这样超然物外平心而论地评价一位员工。

半年后,在一次酒会上,遇到小庞单位的一位同事,从他嘴里得知,小庞在新的单位适应很快,很多人问她为什么跳槽,是不是原单位不好,她总是摇摇头,流露出些许遗憾,对原单位一直是美誉之词。我忽然明白,那封推荐信已经起到应有的作用,它不但给离职的员工送去最后的温暖,也为公司赢得了很好的口碑。

最好的同情

朋友的妻子身患乳腺癌,手术切除时发现癌细胞早已扩散,朋友强颜欢笑瞒着妻子,哄她说等她好了,就陪她去她一直想去的地方旅游,只要妻子开心并配合大夫医疗。

转过身,离开妻子的视线,牛高马大的朋友丝毫不掩饰自己的情绪,他痛哭流涕,细数即将失去妻子的不舍与恐惧,不知该如何面对将要面临的现实:尚未成年的孩子将从此没有母爱的庇佑,而他自己也将面临"中年丧妻"的不幸遭遇。

说实话,我内心的难过丝毫不比朋友少,我是他们夫妻这些年风风雨雨一起走过的爱情见证者,他们是我生命中非常重要的朋友。但我知道,此时,朋友需要的只是倾诉,而非其他。

当朋友再次情绪失控,像个无助的孩子一样泪流满面不知所措时,我知道,我不能任由他继续这样下去,我必须打掉他身上的软弱,让他勇敢面对自己的处境。

于是,我严肃地跟他说:"我深深地理解,但帮不了你。世上本无感同身受一说,因为当事人只有一个。有些坎只能自己越过去,没有人能帮得了你,这也是这些年,生活教会我的。所以,请你不要再对我哭诉,我很难过,但无能为力。"

朋友露出错愕的表情,点点头,转身走了。我知道,短时间内,他可能会说我不近人情,但迟早有一天,相信他会明白我的苦心的。

看着朋友离去的背影，我亦泪流满面，想起五年前，爱人因脑溢血突然病倒，我一面照料他，一面打工挣钱养活全家。因为不想看到别人悲悯的眼神，我很少跟别人提起家里的事情，每天装作若无其事，照旧嘻嘻哈哈，日子虽苦，却也没给自己的脸上留下悲凄的痕迹。如今爱人已经康复，工作生活恢复正常。回头来看，正是那段心力交瘁的日子让自己学会了坚强，学会了勇敢面对，学会了在困难面前云淡风轻。

最好的同情不是陪他一起掉眼泪，让他感受到你的同情，而是激励他雄起，勇于承担自己的责任，让他不会因此沉沦，做一位生活的强者。

也说授人以渔

老子说:"授人以鱼,不如授人以渔。"从字面上来讲,是指送人一条鱼不如教会人如何捕鱼,意思是教人生存的方法之功远远大于施舍他一顿饭吃。我个人感觉,老子在这儿只说了一个方面,一种情况,而没有说全面。

首先,老子没有说明接受那个"鱼或渔"者的状况,如果接受者本身有着捕鱼的技能,那他接受一条鱼不过是换一下胃口而已;如果接受者不具备捕鱼的技能,那他得到一种技能或方法就等于为他以后自立自强打下了一定的基础。在我看来,要授人以"鱼"还是"渔",也要因人而异,应该根据接受者的自身条件而定。

授人以"鱼"或"渔"分几个层次:第一层是直接给予物质,第二层次是教以方法,第三层是基于利益驱动前提下的激励机制,最高层次的给予就是培植信念、愉悦身心……笔者认为,在决定授时,必须因人而异,对于一个饥寒交迫的人来讲,你给他培植信念、树立目标无异于画饼充饥,因为他需要的仅仅是一条可以维持其生命的"鱼"而已,其他的都是扯淡。同样,对于有一定经济基础或知识层面的人来讲,他所想的,所关心的不是温饱问题,而是如何吃得更好,如何提升生活质量,这样,一条"鱼"显然不会满足他的胃口及需求,更高层次的"渔"对他更有吸引力。

有个名叫亨利的法国青年,从小在孤儿院长大,当他三十岁的时候，因为意识到身材矮小、长相不漂亮、乡土味的口音等因素而自卑，甚至没有活下去的勇气与力量。这时，他的好友为了增加其生活的勇气，就对他说了一个善意的谎言，说他是拿破仑的孙子，亨利联想到拿破仑矮小的身材、并非纯正的法语，联想到他的英雄事迹，越想越感觉自己很像拿破仑，陡然增强了信心，他开始仰起头来走路，自信心大增，最终成为一家大公司的总裁。那个美丽的谎言，就是朋友送给亨利最好的"渔"。从中不难看出，一个得体的"渔"可以带给接受者翻天覆地的变化，甚至可以改变一个人的人生轨迹。

　　无论什么人，"授"之前了解接受者很重要。同样，接受者了解自身需求，选择接受什么样的"鱼"也很重要。你明明最迫切需要的是一条填饱肚子的"鱼"，却异想天开，希望自己也像别人一样成为成功人士，那就太不切实际了。水到才能渠成，当你的仓里装满"鱼"的时候，那"渔"自然也就离你不远了。

网聊趣谈

十年前,刚学会使用QQ,上网与人聊天,总是怀着戒备心理,甚至不好意思在熟人面前公开,仿佛上网聊天是件丢人的事。开场白总离不了三句话:"你好,哪的朋友?""做什么工作的?""多大了?"千篇一律,几乎没有变化。有闲有心情地会陪你继续说几句,没兴致的三句之后就会沉寂下去,再无下言,各自天涯。后来这三句话被网友评为最恶俗的聊天开场白,没想到自己竟恶俗了那么多年。

后来,QQ逐渐成为办公工具,同事之间传送文件、背着领导商量下班去哪聚餐、谁刚拍了张得意之照迫不及待地想要分享……QQ、QQ讨论组、QQ群……便适时发挥出它的快捷便利优势。一群在领导眼里正聚精会神地打字、思考、工作的员工,一个不懂其中玄机奥妙依然端着庄重架子的网络菜鸟领导,便成了各自私下窃笑的对象。这时,网络聊天便不再是以单纯地交友、倾诉为目的,聊天的内容更趋现实。

现在,网络越来越规范,网友之间越来越透明,加好友必先报身份、真名几乎成了不成文的规则,谁要是像十年前那样,对自己的信息藏藏掖掖,十有八九会被拉进黑名单。快时代,人们已经没有那么多时间跟你千回百转、曲径通幽,网络聊天更倾向于开门见山,因为大家都明白,生活在竞争如此激烈的今天,谁的"鸭梨"

也小不了，谁的时间也浪费不起。有的网友甚至在签名档上写道："非诚勿扰，浪费彼此的时间是可耻的行为。""有事请留言，谢绝闲聊！"等等五花八门的信息，那架势并非真的拒人于千里之外，而是告诉大家，自己是个惜时如金的人，最好长话短说，最好有事说事，其他的免谈。人们对于这类签名也早已习以为常并默许。

上午刚在微博上发了一条信息："真郁闷，日子过得这么快，咋还不老呢？"立马引来一位陌生网友的回复，看他说得在理，即刻让他发个视频来验明正身，没想到他扭扭捏捏地说自己长得很丑，怕被笑话。我立马回复说："你烦不烦呀？我又不相亲，管你丑俊呢？"他立刻发来一个大笑脸，我们之间的聊天自然轻松了许多。看，这就是现在的聊天方式，与现实生活并无二致，甚至更宽松一些。

当网络聊天工具成为办公软件中最实时、最便捷的工具时，网聊也就越来越理智，越来越接近现实了。网络聊天工具已经成为现代人生活的必需品，就像手机一样，片刻离不得了，网聊自然也不再是什么神秘的事情了。

有条件的爱情

朋友眉当年不顾一切搬去和阿伦同居，父母的反对，朋友的规劝都没有阻挡住眉的脚步。她说，他们的爱情是纯洁的，不容别人用世俗的眼光亵渎。因为爱，她没有过多地考虑，年龄相差十几岁，中年阿伦离异带一男孩，在眉的眼里都算不了什么，只希望有情人终成眷属。

在一起后，眉才发现，事情远没有想象的那么简单，虽然阿伦一如既往地爱她、宠她，但无法阻止孩子因为想念妈妈而对眉的敌意。

眉对孩子很好，默默地为其洗衣做饭，哪怕孩子背着父亲，公然骂她狐狸精。有一天，眉终于忍无可忍，打了孩子一巴掌，恰巧被阿伦看到。眉述说了事情的经过，阿伦将孩子狠狠教训了一顿，又跟眉道歉方罢。

此后，孩子对眉的仇视更严重了。冲突一再出现，阿伦的眉头越皱越紧，再也不像从前那样对眉百般顺从。眉的心在流泪，她不知道该怎么办，第一次意识到自己对于婚姻了解太少，草率了些。最终，婚姻的琐碎战胜了爱情的伟大，他们还是分手了。

有人说，真正的爱情是无条件地付出，认为只要有爱便可以战胜一切困难。显然，答案是否定的。爱情不是无条件的，都是希望从对方身上得到一些什么，只是不同的人需求不同罢了。有的人喜欢车子、房子、票子，有的人喜欢对方的美貌、背景、身体，有的人喜欢对方的人品、进取心和责任心，还有的人喜欢彼此呵护、心灵相依的感觉……这些东西才是产生爱情的前提。无条件的爱情只不过是理想主义、完美主义的产物。

爱情是一种感觉，一种体验。感觉越强烈，期望就越高，失望就会越大。所以，女人出嫁前，最好想清楚自己究竟需要什么。一旦得到想要的幸福，就要懂得珍惜，更要知足、知止。否则，爱情迟早会在婚姻的琐碎中消磨殆尽。

用什么证明爱情

前段时间,我出差去外地,没有陪在女友身边,连短信都忘记给她发了。女友对此很是不满,开始怀疑我对她的爱。我一再解释,并向她道歉,她还是不依不饶,非要我做一件事,证明对她的爱情是真实的。

这下我犯了难,用什么样的方式来证明自己的爱情呢?

天天见面或发短信说句"我爱你"?特定的纪念日奉上一份精美的礼物?或者当众给她一个拥抱,或者每时每刻的厮守就能证明天长地久的守候吗?

在我内心里,爱情的表达方式有许多,比如风雨中的携手,心意相通时的眼神,牵手看夕阳的背影,亲手为对方做的一碗羹汤……仅用语言来表达的爱情是不够的。

世上的恋人千千万,对爱情的表达方式也不计其数。爱与不爱,爱深爱浅,根本无法用一种方式证明。只要心是真诚的,送一朵玫瑰和一千朵玫瑰没有本质上的区别,一朵玫瑰与一千朵玫瑰所表达的爱意同样深厚,适合自己的才是最好的。

真正的爱情是不能用金钱来衡量的。如果他身价数亿,送座宫殿不过是九牛一毛;假如他只是个穷小子,也许他送的廉价衣服就是他能拿出的全部。一时送你什么不能证明什么,如果一世都这样待你,即使年老色衰,他都一如既往,不离不弃,那才是最值得珍惜的拥有。

爱情可以改变一个人。如果他肯为你改变自己的口味,他肯包容你的缺点,他愿意接纳并善待你的家人……那都会成为爱情的佐证。

爱情就像一杯水,是不能用某个固定的模式说明的。用什么样的容器去盛,爱情就会呈现什么样的形状:大碗海量,木桶朴实,高脚杯高贵典雅,陶瓷杯古朴精致,纸杯短命,石钵深沉……你想要什么样的爱情,首先要把自己打造成什么样的容器,自己用心才是最重要的。

如果非要找一种方式证明爱情,那么,就是时间了!执子之手,与子偕老,才是爱情圆满的结局。

婚后的女人是升值的

很多女人抱怨婚后遭遇贬值：姿色贬值、身材贬值、男人的甜言蜜语缩水、爱情受到挑战……听到这样的言论，我都会偷偷地笑，假如让这些牢骚满腹的女人远离婚姻，她们铁定会摆出若干理由证明婚姻存在的必要性。其实，女人婚后是否贬值主要取决于女人自身，已婚女子有着许多单身女人体会不到的幸福，应该说身价不但没有贬值，反而比婚前升值了。

其一，名分升值。婚前，恋人之间即使爱得死去活来，彼此还是两个相对独立的个体，我不是你的老公，你不是我的老婆，想分手就分手，不必为对方负任何责任。而一旦结了婚，手里多了个红本本，便有了法律的保护。女人结婚等于给自己找了个落脚点，一个真正属于自己的个性空间。你可以随心所欲地按照自己的喜好装扮房间，按照自己喜欢的方式生活，再不必顾忌父母的脸色。见了面，有人叫你大嫂，还有人叫你舅妈或婶婶，比婚前人家直呼其名好听多了。婚后女人的名分，无形中升了级。

其二，女人味升值。婚后的女人有老公疼，事业上多了位参谋，不仅容光焕发、精神愉快，而且不易得生理疾病，自然比未婚姑娘多了份自信、成熟与平和。如果有了孩子，母性的温柔与宽容就会自然释放出来，那种岁月沉淀下来的风情和从骨子里发散出来的韵味，是未婚女子无法企及的。婚后的女人更具有女人味，对男人更有杀伤力。

其三，财产升值。婚后的财产夫妻共享，女人即使没有工作，在家相夫教子，家庭积累的财产也有女人的一半。

其四，权威升值。未婚姑娘在娘家待的时间越久，周围的人越会用另类的眼光看她。无论她多么出色，嫁不出去总会给人可怜的感觉，还极有可能被贴上"性情怪僻"的标签。而结了婚的女人，随着年龄的增长，在家庭中的权威会越来越大，地位会越来越稳固。假如到了外婆或奶奶级别，那更成了"家宝"，谁不敬你三分呢？

一个聪明的女人必然善于利用婚后的便利条件：借鉴男人的智慧，经营自己的事业；掏着老公的腰包，买着自己喜欢的服装与化妆品；每天将自己打扮得优雅得体，让男人时时用欣赏的目光打量自己。忙里偷闲看看书，听听音乐，做做运动，那份悠然不知会被多少未婚女子羡慕呢！

"牢骚太盛防肠断，风物长宜放眼量。"细细思量，婚后的女人才是升值的！

婚姻不能用来防老

不久前,朋友李明因车祸去世,惊诧之余不禁为他爱人揪心。妻子为了支持李明的工作早已辞职在家当了全职太太,男主外女主内,琴瑟和鸣,恩爱无比。让我们一帮整日忙忙碌碌的职场女人着实羡慕了一把。也许,上帝也在嫉妒他们的幸福,否则为何让他们说分开竟成永别,有情人从此天涯了呢?

"执子之手,与子偕老"是每对相爱之人的共同愿望,但花无百日红,不是每一段恋情都会天长地久,也不是每一段婚姻都能一直幸福地走下去。婚姻充满变数,有些是人为的,有些并非人力所能控制。

无论何种保证或保障都是相对的,即使法律法规,为了适应社会的发展,也在不断修正。没有谁敢说自己与爱人结了婚就一定白头到老,结了婚就落袋为安,不会出现意外情况。婚姻是柴米油盐的琐碎,即使没有天灾人祸,浪漫的爱情遭遇现实的烟火,又有多少爱情禁得起平淡的流年?

单位一对夫妻刚刚离异,当初为了走在一起,他们颇费了一番周折。那时男方已婚,女方未嫁,一个黄花大姑娘爱上魅力中年男子,他们的故事简直俗不可耐。但是,他们的确相爱了,爱得轰轰烈烈,爱得义无反顾。最终男方离异再娶,女方如愿嫁得如意郎君。双方亲朋总算松了口气,从强烈反对到默默祝福,走过了一段难忘的岁月。

像大多数走入围城的夫妻一样,当爱情过成日子,这对夫妻便与天下饮食男女一样俗了。吃喝拉撒,磕磕碰碰在所难免。这时,男方开始怀念前妻的好处,女方开始怀念从前的浪漫;争吵成了家常便饭,永远相爱的誓言成了彼此相互攻击的凭证,以为走入婚姻便会幸福到老的理念也成了一种讽刺。直至彼此的心伤透了,也只好一拍两散。

婚姻可以保障你的合法权益受到保护,却不能保证你的爱情不会解体。有人说,婚姻有一个法律作用就是"定分止争",也就是明确物的所有权,这样走进婚姻的双方可以正大光明地拥有对方的一切,甚至包括身体。婚姻可以让你的生活变个样,精彩有人分享,悲伤有人分担,但不能保证天长地久。

著名的女学专家苏芩曾说过:越是不自信的女人越想早早迈入婚姻殿堂。她们的幸福生活往往不在自己手里,而需要那个叫"丈夫"的人协助才能实现。

恋爱自由的年代,婚姻问题似乎成了家常便饭,远远不如古时"父母之命、媒妁之言"下的婚姻牢固。这年头,"小三""外遇"满天飞,让结了婚的男女防不胜防,说不准哪时便被"三"一下。而外界对此反应越来越淡,是司空见惯的淡漠,还是见多不怪的麻木?无从得知,人们对于婚姻越来越失去信心,对金钱却显得越来越渴望。婚姻成了不可确定的因素,只有银子才是最有质感的生存保障。

某男,五十多岁,改革开放大好形势之下一个鲤鱼翻身发了大财。仿佛只为赶时髦,也找了个情人小蜜。一天,二人开车外出游山玩水,一不小心小车钻了大车底,他当场毙命,小情人却安然无恙。情人倒没问题,有知识有文化有工作,还可以另觅高枝转投他人怀抱,只是苦了家里没有工作没有任何经济来源的老婆孩子。此男生前看似财大气粗，可他一走，若干部门一审核，账头竟然没留下多少资产。可怜他老婆只好去做家政，辛辛苦苦赚几个铜板糊口。心酸叹喟之余，房子票子成了人们安身立命的信仰。

婚姻就像公司，需要经营，需要男女双方共同努力才行。如果说爱情是最初的成本，那么后来在婚姻过程中彼此的付出便是追加的本钱。公司要发展壮大必须根据政策及时调整方向，婚姻的延续则离不开男女双方感情的不断投入。所谓识时务者为俊杰，婚姻要想长长久久、甜甜蜜蜜，就不能墨守成规，那些以为只要结了婚便万事大吉的人，迟早会被更合适的人所代替。即使名义上替代不了，当婚姻变成空壳，那也与破产没什么区别了。

女人要学会用智慧经营自己的婚姻，有问题不能一味地推卸给外界环境或老公，只有不断注入新鲜元素于其中，婚姻才具有鲜活的生命力，才会历久弥新。上进心是一个人积极的生活态度，人，如果没有上进心也就没有太大的发展。与其将大量时间与精力放在对方身上，不如修身养性，不断学习充实自己，给自己度一个闪亮的"金身"，永远给对方眼前一亮的感觉。

一对无话不谈的夫妻，感情一定融洽。男女双方还要加强交流，尤其是心灵的沟通与融合，不给对方的心灵田园长草的机会。更重要的是加强自身修养，让学习成为终身的习惯，跟上时代步伐，不落伍，不掉队，做到自信、乐观、心中有爱，行事张弛有度，让"婚姻公司"的投入与产出成正比，良性循环，这样才能让婚姻之船在岁月的长河中平稳前行。

两口无猜恩爱长

婚姻进入第十个年头,孩子也已六岁。不知从哪天开始,我和老公有了第一次争吵,自此,吵架似乎成了我们婚姻生活的一部分,隔三岔五就要温习一遍。

有时,在家我都懒得多说一句话,因为不定哪一句话,说不到对方心里,又会引起一场"口舌大战"。孩子的教育方法分歧,家务劳动的分工,外出应酬的次数,对待金钱的态度……凡是与日常生活息息相关的事情,都有可能成为我们争执的导火索。我们的爱情在不断升级的争吵中,渐渐消磨殆尽。为此,我十分苦恼,开始怀疑当初的选择,怀疑我们还爱不爱对方,甚至开始怀疑还有没必要继续维持这段婚姻,在争吵中继续一起生活这个问题。

闺蜜小梅同样结婚十载,与夫君依然情意绵绵,出则成双成对,甜蜜无比;入则夫唱妇随,情深意长,让我们这些整日与老公吵吵闹闹的女人,简直羡慕死了。

得知我的苦恼,周末,小梅特意组织我们女人帮聚会,提议都把小孩子带上,让家里的独生子女们也享受一下大家庭的乐趣,我们一致赞成。

聚会那天,孩子们开始还有些拘束,不肯离开自己的妈妈身边,后来,小梅的女儿拿出一堆玩具,孩子们在大人的鼓励下,才忽拉拉跑过去,一起玩了起来。不一会儿,他们就已经成了亲密无间的好朋友了。

看看孩子，我们这些当妈妈的不由得感慨万千，素日日子过得漫不经心，转眼孩子渐已长大，才知道光阴已去了这么多年。爱情在婚姻中厮守了这么久，只是，在日复一日的琐碎中，爱情就像袋泡茶，只几个回合，就已被冲泡得淡而无味了。

我们都争着向小梅取经，问她是如何把婚姻经营得顺风顺水、有滋有味的。还没等小梅回答，只见李华的女儿燕子追着我儿子，要他手里的玩具，儿子拿着玩具就是不给燕子，两个孩子僵持着，谁也不肯让步。见此情景，我起身要上前教训儿子，被小梅拉住了，她示意让我们旁观，看看最终结果会是什么样。

要不到玩具的燕子哭了起来，我儿子愣了，迟疑了一会儿，把玩具递给了燕子，燕子立刻破涕为笑，我儿子一脸如释重负的样子，也笑了。两个孩子一同玩了起来，那高兴劲儿根本看不出刚刚才闹过别扭，我也松了一口气。

小梅感叹道："看看，这就是两小无猜啊！多好！我们为什么不能像孩子一样，做到'两口无猜'呢？其实，'两口无猜'就是我经营婚姻的秘诀。"我琢磨着"两口无猜"这四个字，立马想起李白在《长干行》中的诗句："妾发初覆额，折花门前剧。郎骑竹马来，绕床弄青梅。同居长干里，两小无嫌猜……"那么"两口无猜"又是什么呢？

小梅说，百年修得同船渡，千年修得共枕眠，夫妻能够共栖同一屋檐下，就是缘分，应该珍惜，不应该轻易放弃。你看，小孩子心地单纯透明，他们之间有了冲突，从来不把问题扩大化、复杂化。不会猜疑对方是不是不喜欢我了，是不是缺乏包容心，他们不会延伸发挥，更不会浮想联翩、东拉西扯，吵到最后都不知道当初为什么闹矛盾了。孩子就是这样简单，我要玩具，你不给，我哭；我哭，你就给了，一人妥协，皆大欢喜，问题就解决了。所以说，"两口无猜"才是婚姻的最佳状态。

我不由得陷入沉思，想想也是这个道理。我与老公争吵的缘由并不是什么原则性问题，大多是一些鸡毛蒜皮，根本摆不到台面上的事情。我们争执的焦点也不是要解决的问题，而是为了压倒对方，战胜对方的一时快感。想想自己好糊涂，为争一时口舌之快，差点葬送一辈子的幸福。

婚姻中的爱情就是这样，越简单透明，就越轻松。想当初茫茫人海，遇到对方，携手步入婚姻殿堂时，自然认为幸福非对方莫属，如今，柴米油盐，爱情充满了人间烟火的味道，应该说比婚前的风花雪月更实在、更踏实，那么还疑虑什么呢？何不继续"两口无猜"，共度美丽人生呢？

你幸福吗

他们是大学同学，也是恋人，临近毕业，不记得因为什么事，两个人争得面红耳赤，不欢而散，从此天各一方，音讯皆无。再次相遇时，他们都有了各自的家庭。她美丽依旧，风情之中多了些内涵；他风度翩翩，成熟之中多了些睿智。重逢的惊喜写在俩人的脸上，他们暗暗遗憾，这样登对的才子佳人，当初为何就那么轻易地分开了呢？

在妙曼的音乐咖啡小屋，他们心照不宣，相对无语。都想知道分手后，对方过得好不好，却又无从说起。良久，男人问："你幸福吗？"女人的眼泪一下涌了出来。是啊！眼前的男人，声音像从前一样充满磁性，眼神像从前一样温柔，女人产生了倾诉的冲动，内心翻江倒海。素日家庭带给女人的幸福与安然，瞬间变得虚幻而倦怠。

抑制住倾诉的冲动，女人反问道："你幸福吗？"男人叹口气，开始滔滔不绝地诉说起自己的不幸——妻子唠叨无比，只要回家晚点就要打电话问讯；妻子小家子气，只会买些便宜衣饰，不懂装扮；妻子庸俗不堪，不懂社交礼仪，只知道陪孩子胡闹；妻子没有品味，就像全家人的保姆；妻子缺心眼，单位评职称，愣是把名额让给别人……

女人一惊，原来妻子的这些表现竟然成为男人不幸福的理由！

可是，他哪里会知道，眼前的这个女人跟他妻子一样有过同样的经历呢？因为担心饭菜凉了，总会打电话问丈夫几点回来，好在他回家的时候"恰巧"将饭端上桌；因为想给家里换套房子，女人省吃俭用，勤劳持家；因为想给孩子一个快乐的童年，女人放弃应酬聚会的机会，情愿陪伴孩子做游戏；因为爱男人，女人愿意为他洗衣做饭，照顾他的父母如自己的双亲；因为同事年龄大了，失去这次评职称的机会，就会留下终生遗憾，所以才把名额让了出去……而这一切，自己的丈夫从来都是对她大加赞赏。

想到这里，女人站起来，打断了男人的话语："对不起！我该回家做饭了！"

男人追问道："你幸福吗？"女人微笑着，没有回答。她终于忆起当初分手的因由，有位同学因为家境清贫，每天以馒头咸菜度日，她时常以自己买多了吃不了为由，跟那位同学搭伙，变着法地救济那位同学。而眼前这个男人，不但不支持她，还骂她傻……是的，就是因为他的自私，她才那么决绝地离开了他。如今，她庆幸自己没有看走眼，更加坚定了一个信念：最初的感觉是正确的。

"你幸福吗？"问这话的大抵不是普通朋友。幸福是个深层次的东西，是一种感觉，是不能从表面上看出来的，平常朋友根本不会触及。怀旧是人的通病，以为失去了的才是最好的，却忽略了当初分开必定有自己无法忍受的地方，也许念念不忘并不是远去的爱情，而是自己的青涩时光罢了。

下次不要随便问别人："你幸福吗？"除非是闺蜜，否则不会得到正确答案。因为幸福与别人无关，尤其与一个毫不相干的异性无关，幸福的不二法则就是珍惜自己所拥有的。如果一定要问，只会告诉你："我很幸福！"

晒什么也别晒爱情

君良近日陷入苦恼之中，起因是他结婚一年的妻子眉喜欢在博客上无所不晒。君良喜欢眉，喜欢她清秀的外表、爽真的个性。起初，对于眉喜欢做晒客，君良倒也没感觉有什么不妥，反倒认为她活得透明、真实，而且正是从眉的晒客网，君良慢慢熟知并投其所好，终于抱得美人归。

"晒"在当今网络时代早已被网民赋予了新的内涵，只要愿意暴露，愿意公开，什么都可以拿来一晒。晒心情、晒收入，甚至晒身体（裸照）……而有些明星正是利用公众的好奇心与窥探欲专拿他们男女之间那点破事当作露点来晒，借机炒作。无论别人对此褒贬与否，他们知名度大大提高倒是真的。

林语堂曾说过，人生三怕之一就是"怕熟人"，这话用在君良身上再恰当不过。君良是公务员，在单位一副正人君子模样，整日夹着尾巴做人，哪敢如此张扬？眉的博客不知被哪位好事之人在君良单位公开，几乎尽人皆知，常有同事点击。而眉除了大秀恩爱，将夫妻之间一些私语私照挂在网上，还时常将俩人的小矛盾小别扭公然示众，这让君良苦不堪言。俩人为此起了争执，一个执意要晒，一个坚决反对。

其实，谁的爱情也不是完美无瑕，现实的柴米油盐永远不如想象的风花雪月来得浪漫，婚姻中的爱情需要包容和珍藏，最经不起阳光的暴晒，爱情的小瑕疵在阳光的暴晒下会被无限放大，加上无关人员不关痛痒的评论，婚姻便成了寒风中的秋叶。

当然，最值得一晒的或许是存在于人身体上的那些阴暗心理、魔鬼欲望，敢爱敢恨光明磊落者或许可以做到，心存恶念善于伪装者则不堪一击。如果你的爱情做不到像玉一样洁白无瑕，最好还是慎"晒"，爱情的魅力在于两情相悦心灵相依，在于只能意会不能言传的美妙意境。爱情是两个人的事，尊重对方，恪守为人处世的一般原则方为爱情生存的前提。

完美是陷阱

"晚上，我请你吃饭好吗？"还没到下班时间，进出口部李来便跑到办公室问苏苏。苏苏欣喜若狂，她早已暗恋李来多时，有机会跟李来单独在一起，是她梦寐以求的事。

但是，一想到自己的头发该洗了，正痒得难受，她甚至感觉到耷拉到腰际的长发正散发着油腻的味道，便不好意思地回绝道："真不巧，今天有事，改天吧！"

下班后，苏苏先去商店买上一瓶香水，茉莉花香型，苏苏依稀记得李来曾说过喜欢茉莉花的香味。回到家，便里里外外把自己洗了个净。

第二天，刚上班便看到李来去打开水，他换了新衬衣，看起来非常干净清爽。苏苏越看越喜欢，暗想下班之后，也去商场买身衣服，最重要的是买双高跟鞋，虽然她一直不太喜欢穿那种尖尖的高跟鞋。据说穿高跟鞋的女性特别性感，初次约会，她一定要给李来留下好印象。

下午，李来又过来看似不经意地问她可有时间一起去听音乐会，苏苏正盘算着去哪家商场购买新衣，连忙另找了个借口拒绝了。

接下来几天，苏苏天天打扮得光鲜亮丽，只等李来再次发出邀请，她便会欣然赴约。结果，李来像忘了她似的，连续好几天没跟她照面，她的心情慢慢暗淡下来。

半个月后,得知李来要出差,苏苏终于忍不住甩下高跟鞋,换上平时的素服便上班了。

谁知老总另行安排,李来临时被替换回来,陪老总在市内参加完一个活动便返回公司了。下班之前,李来再次邀请苏苏吃晚饭,苏苏一下子慌了手脚,暗暗懊恼,早知这样,今天就应该穿高跟鞋来上班。可是现在……苏苏再次拒绝了他。

从那以后,苏苏天天穿高跟鞋上班,并且渐渐成了习惯。李来三次遭拒,又见她每天打扮得那么漂亮,以为她名花有主,痛苦地接受了同单位另一女孩的追求,并且闪电般地结婚了。

后来,苏苏从李来的哥们嘴里得知原委,终于忍不住号啕大哭起来……

完美无极限,有时是陷阱,因为别人喜欢的也许是你原本的样子,所以你不必为谁刻意改变。

用超然的爱回报

那天在乔治码头，远远看到一群人在围殴一位衣衫不整的中年男子，同行的梅姐连忙转过身去。我说："路见不平拔刀相助是你的作风，为何回避呢？我们过去制止他们吧！"

梅姐摆摆手，让我赶快报警，她独自回到车上躲了起来。不一会儿，警笛声传来，一大帮人顷刻间如鸟兽散，只剩下那个中年男子，用手擦着脸上的血。

他被警察带走了。梅姐下车，让我自己开车跟着到警局，把事情搞清楚了再告诉她。

原来，那名男子生意亏了，欠人家的钱还不上，那些素日一块吃喝玩乐的朋友翻了脸，才有了开头那一幕。警察让那名男子说出那些人的名字，那名男子拒绝透露，只说是朋友之间的误会，不是打架闹事。民不告，官不究，警察录了口供，放他出来，他挨打的事也就不了了之了。

我跟梅姐汇报时，梅姐脸上现出怜惜的表情。她给了我一张名片，让我以投资人的身份，接近名片上的男人，不露痕迹地借给他一笔资金。不用说，男人因此渡过了难关，还了朋友的欠款，公司重新运转起来。

渡过难关的男子，脸上洋溢着笑容，看起来挺有派，早已没了初见时的猥琐。有一天，他郑重地请我吃饭，说我是上天赐予他的女神，我顿时慌了手脚，连忙向梅姐求救。梅姐一听哈哈大笑，说男人还是那男人，一点没变。我一听有戏，说："梅姐，他是不是你旧情人？老实交代，否则，我就把真相告诉他！"

梅姐叹了口气："他是我的初恋，我们是大学同学，他是班长，是许多女生心中的偶像。最终，他选择了另外一位漂亮的女生。只是，他一直在我心中挥之不去。"

"看到现在的他，有没有后悔？"

梅姐眼圈红了："人生一世，能够让你怦然心动的人不多，他是第一位，他的位置无可替代，我从不后悔。"

"为什么不让他知道，是你在帮助他呢？"我还是有些疑惑。

"他很要面子，当年的我就像一只丑小鸭，根本不在他眼里，我不想让他难堪。"

爱情是没有规则的游戏，说不清为什么，你就是感觉他的好无人替代。我们除了怀念消失的美好和逝去的爱，原来还可以用一颗柔软的心去感恩，用超然的爱去回报！

爱情不需太精明

眉的好奇心极强,喜欢驾驭一切,什么事都想弄个清清楚楚。宇不止一次告诫她不要耍小聪明,她总是一笑置之。

眉很爱宇,总是利用一切机会与他接触,在他可能出现的每一个路口,她总有借口"恰巧"遇到他。宇也很爱眉,说只爱她一个,今生不会变了。眉总是持怀疑态度,因为在她的眼中,宇是那样优秀,那样出色,很多人喜欢他,眉是清楚的。

眉很想知道宇爱她是不是真的。有一天,眉有事到宇的办公室,宇内急,说声稍等就出去了。眉迅速拿起宇放在桌上的手机,拨通移动客服中心电话,为宇的手机设置了密码。她又以最快的速度将客服的确认短信转发在自己的手机上,然后将有关信息全部删除。做完这一切不过3分钟,眉紧张得似乎过了半个世纪。

宇回来后,并未发现任何异常,眉找了个借口回到自己办公室,她怕再坐一会自己的表情会将秘密泄露。

从此,宇的手机便在眉的监视之下了。他几点几分与谁通过电话、发过短信,通话时间多长,眉一清二楚。她每天回家后的第一件事就是上网,在移动网上办公大厅"客户自助服务"窗口,查询宇当天的电话情况。每次看到自己的号码出现得最多,她便愉快地笑,开心地笑,然后给宇发个"又想你了"之类的短信,宇的回复总让她感觉温暖与甜蜜。

好景不长，宇无意中删除一个广告类短信，因操作失误，注册了那个广告用户。面对每天如潮的信息，每月莫名其妙扣掉的12元梦网费，宇不解。他来到移动营业厅，客服小姐问明情况，告诉他可以退订此信息，步骤……

宇根据手机的默认密码输入6个8，显示密码不正确，便打电话让眉帮他查看手机说明书上的默认密码，眉顺口说出一串自己的生日数字令宇愕然，他从来没修改过自己的密码呀！

回来的路上，宇终于想明白怎么回事了，眉又在耍小聪明！他的心好痛，温柔可人的眉瞬间变成可怕的魔头！她怎么会这样呢？为什么要这样呢？

宇生气了，真的生气了！一想到眉每天都在窥探他的电话，便浑身不自在。他不敢想象，在以后的岁月，如果每天被人提防，生活会是什么样子，会有多累？失去信任后，两个人在一起会多么无趣！

这一次，宇没有提醒眉不要再耍小聪明了，只是悄悄修改了自己的手机密码，然后找了个理由与眉分手了。

真正的爱，要建立在相互信任、相互尊重的基础上，坦诚相待，不需要太多技巧，更不需要太精明。要给对方适当的私密空间。太过精明，即使是出于爱，也会令人窒息。

爱的信息不群发

过去,她喜欢将收集到的一些短信转发给恋人。

那些短信或遣词造句工整优美,或语言诙谐风趣幽默,或发人深思意境不凡……而且也正是她想要向恋人表达的心意。

她总是担心自己编写的东西粗俗浅陋,生怕恋人不喜欢。

后来,他们分手了,她有了新的恋人。

新的恋人也喜欢将自己收到的一些短信转传给她。

开始她没感觉到有什么不好,直到一天晚上,恋人出差到外地,她用短信向他倾诉着自己的思念之苦。古有鸿雁传书,今有短信传情,跨越时空的爱恋在空中飞来飞去,瞬间到达目的地,温暖着彼此。

就在情酣意浓时,恋人冷不丁将还带有别人名字的一条短信发给了她。那一刻,她一下子愤怒起来!感觉自己的满腔深情被恋人搪塞了!仿佛一下子被人从如梦似幻的柔情蜜意中生生拉回到如临深渊的绝沿峭壁边沿,就在那一瞬,爱意被生生扼杀在一种无法名状的尴尬气氛中。

刹那间,心底某处的柔软被触碰,有处记忆被激活。前男友总是说喜欢看她自己编写的短信,说看别人的短信是多么不舒服,说只有她编写的短信对他才有意义……那一刻,她才明白这话并不是开玩笑。

真正的爱是出于尊重，是朴实无华的，而不是刻意去猜测别人的想法而编写的华丽辞藻。真正的爱是彼此心灵亲密接触的交融与契合，是心甘情愿为对方付出的无私与包容，是在寂寞的夜里，思念如潮念念不忘的那个名字，是无论他在天涯或海角都逃不出心海的那份牵挂与祝福。真正的爱是对恋人的一切都欣赏的目光，无论优点或缺点，在恋人眼里都是与众不同的完美。

　　爱就是在这样一个夜里，你最先想到的那个人，而愿意对他诉说从心底流淌出来的文字。真正的爱来自心的深处，哪怕是只言片语，但真挚深情，那份牵挂和体贴伴着简单的话语在两个人的心底流淌，那个大大的爱字被用心在触摸。

爱情保鲜剂

有人说,爱情的保鲜期只有两年半,长久的婚姻主要靠亲情在维系。婚内爱情的真相真的这么残酷吗?其实不然,爱情虽是奢侈品,需要小心维护、时时保养才能保鲜。但爱情的营养品又很简单,基础液就是真诚。一个关切的眼神,一个温暖的拥抱,一个理解的微笑……都能让对方感受到爱的情意。爱情的营养品不用刻意找寻,它存在于日常生活的细枝末节,只要有心,随处可见。

沟通让彼此更了解。世界上没有两片完全相同的树叶,人也一样,每个人都有着自己鲜明的个性。当夫妻双方意见不同时,试着站在对方的角度想一想,为他的悲伤而悲伤,为他的开心而开心,在思想上产生共鸣。及时沟通交流很重要,可让心与心的距离拉近,在岁月的长河中同舟共济,在理解中成为命运共同体。

给彼此空间,尊重信任对方。并不是时时黏着对方爱情就能长久,相反,聪明的伴侣总会给对方一定的空间,给彼此一个安全的距离。既不让对方有受冷落的感觉,又不给对方"逼宫"的压力,彼此可以无所顾忌地做自己喜欢的事情,却不会有单枪匹马与对方互不相干的错觉。距离产生美,重要的是把握好度,在给对方空间的同时,不要忘了源源不断地送去自己的爱。

吵架也是沟通的一种方式。不炒股的夫妻若干,不吵架的夫妻几乎没有。不客气地说,吵架时的夫妻不止一人会有将对方赶出家门的想法，一生中总会有那么几次产生想要离婚的念头。夫妻吵架是很正常的事，关键是看如何处理。吵架时容易口不择言，也最容易讲出心里话，所以，吵架是夫妻双方加深了解的好机会，通过吵架认识到彼此最需要的是什么，从而消除误会，加深理解。

小浪漫，让彼此惊喜不断。平平淡淡才是真，老话不假。但是如果想要时时维系一种爱恋般的感觉，而不是左手摸右手的无奈，那么就必须刻意制造一些小浪漫来调剂生活。自己 DIY 的手工制品、暗藏玄机的小礼物……不用多，不用大，只要蕴含着爱意，你的细腻和用心，对方总会感受到。

当然，爱情里没有谁是专家，再多的招数都比不上两颗真诚相对的心，给对方心底的爱，做彼此心灵的伴侣，爱情一定会长长久久、美美满满。

爱情的温度

从结婚那天起,他便暗下决心,一定要让她幸福。他不善言辞,每月工资一分不留全部交给她来保管,家里的力气活从不让她插手。结婚第一年纪念日,她想要一束红玫瑰,可是,他到了花店,又折了回来,因为买一束玫瑰要花一周的菜钱,他还真舍不得。

她任劳任怨,上敬老,下爱小,把小家打理得有条不紊,婆婆成天念叨她的好。他是孝子,母亲舒心是他最大的愿望,他常常感激她所做的一切,却从未表达出来。

转眼,他们的婚姻走过十个年头,她依然一副贤妻良母的模样,喜欢看他狼吞虎咽地吃饭,喜欢他的宽厚与上进,喜欢看他憨憨的笑容……只是,她隐隐有些不甘心,因为他从来都是一副淡淡的模样,一束玫瑰一欠就是十年。她很爱他,高中毕业后,他的母亲中风偏瘫在床,他在犹豫要不要到外地上大学时,她自愿跑来照顾他的双亲,承担起家庭的责任。后来结婚生女后,他又到另一个城市上研究生,一走就是两年,她没有感觉不妥,常常为他的优秀而骄傲。像所有喜欢做梦的女人一样,她常常幻想着,从他嘴里听到"我爱你"三个字。

有一天,她不小心被正施工的楼顶掉落的砖头砸到了头部,血流不止,顿时昏迷过去。醒来,已在医院的床上。他笑笑说:"没事的,伤口不大,很快会好的!"她头疼欲裂,讲不出话,麻药已过,她感觉难受得生不如死。

她内心好难过,他怎么可以这样无动于衷呢?怎么一点都不着急?或许他从来没有真正爱过自己。得出这个结论后,她甚至希望医生不要再救她,让她这样离开这个男人,离开这个世界多好!

出院后,她回到娘家,母亲说:"听说你受伤了,家明急得跟疯了一样,整整一天一夜不吃不喝,一遍遍问大夫你怎么还不醒过来。还不停地向我道歉,说他对不起你,说等你好了天天给你买玫瑰!这孩子,急得净说胡话!"

霎时,她的眼泪夺眶而出,家明——陪了她十年的丈夫,轻轻拭去她的眼泪,那手贴在脸上,很温暖,虽不滚烫,却是最体贴的温度,就像他们的爱情。

平淡的爱最美

结婚已经是第十个年头了。

十年前,两个年轻人怀揣着对生活的憧憬与期待,牵手步入婚姻殿堂。从单位借的那间不足 20 平方米的房子也被他们燕子衔泥般地筑爱填满了整个空间。企业改制,他买断工龄自办公司,她辞职在家相夫教子,日子过得恩爱无比。后来,他们的房子越换越大,里面的东西越来越多,汽车也有了。可是,女人的心越来越空。

他变得越来越凝重深沉,越来越沉默寡言。有时跟他说句话,他要么像没听见一样默不作声,要么一副烦不胜烦的样子。不再像从前那样出门之前给她一个拥吻;恋恋不舍地叮嘱她在家乖乖等他;归来第一件事就是拥她入怀,仿佛她是他失而得的宝贝。那时的他衣着干净整洁,身材瘦削,斯文儒雅,对生活充满激情与好奇。她亦常常来点恶作剧捉弄一下他,他知道了也不气恼,叫她傻瓜,捏她的鼻子或咯吱她的腋窝,直到她笑到岔气求饶为止。

他的肚子跟他的企业一样迅速膨胀,腰身越来越宽,脸上的红润多了些油光,头发变得稀疏,眼睛开始浑浊。他显老了,可是,女人一点都不在意,心想:自己不也是红颜渐退,眼角的皱纹一天天多起来了吗?像从前一样,他还是常出差,而且时间越来越长,一去就是半个月或一个月。开始,女人的心会很空,会在失落中品味着想念的甜蜜与揪心。那种失落会持续很久,直到他回来紧紧拥着她,吻她的唇为止。渐渐的,孩子吃饭上学消磨掉她很多时间,有时,她围着孩子转得头晕眼花,甚至来不及失落他就回来了。

生活就像他们期望的那样越来越好,孩子开始住校,男人开着私家车上下班,出差的次数不断增加,常常地,她打电话问他是否回家吃晚饭时才知道,他已到了另一个城市。男人竟然不打招呼就出差了,失落再次回到女人身边,她不敢多想,也不愿乱猜,只是一遍遍用男人是为家忙碌来安慰自己。

有时心里空得厉害,她便摆出男人出差带回的礼物来看:美味的香辣鱼子酱、高档化妆品、MP4……男人买回的东西总是那么实用,没有一点浪漫的意外。她想男人,想男人身上的味道,想男人在做什么,想男人在外面有没有别的女人……想着想着,她愈发不能自抑,干脆上网找人聊天。在一个叫"激情四十"的房间,女人与一位叫"放飞心情"的网友一聊如故,先是开玩笑,后来干脆互加好友私聊。有"放飞心情"做伴,她不再想男人在外面做什么,不再难过,甚至希望男人不在家的时间越长越好。

"放飞心情"很会说话,理解她,欣赏她,逗她开心,她非常受用。人到中年,她已被人忽略得太久,一句体贴话便把她感动得泪眼蒙眬。直到有一天,"放飞心情"说他们那里举行荷花节,再三邀请她到他的城市去观赏。她怀着对那座飘着荷香的城市的向往,找了个借口坐上了去他城市的列车。

到了那里才知道,所谓的帅哥身高还不到一米七,所谓的房地产商只是一个房产中介,所谓的荷花节根本子虚乌有……她想,原来有一种情感只能存活于虚拟的世界,不能降落于现实,触地即碎。"放飞心情"百般讨好、纠缠,想与她在一起,像他们聊天开玩笑说的那样做夫妻之实,她终不得脱身。女人既后悔又害怕,借口去洗手间偷偷给自己的男人打电话,让他速来救她。可怜她连自己的方位都说不明白。男人一听急了,急忙打电话报警,很快,她发出信号的手机位置被警方锁定。

男人来接她的那一刻,她刚配合当地警方做完笔录。她想,男人不会原谅她的,她无颜面对,坐在那里,不抬头,不看男人。

"傻瓜,你吓死我了!"男人过来拉她起来,紧紧拥抱着她。

"对不起!"话刚出口,她听到男人也说出这三个字,她一怔。男人扳过她的肩膀,盯着她的眼睛说:"是我不好,忽略了你,原谅我,好吗?"霎时,女人泪如雨下。她终于明白,男人的爱情就如他素日递给她的那杯白开水,虽然淡而无味,却是生命的必需。婚姻中的爱情就是这样,在日复一日的琐碎里变得平淡,但是,平淡的爱才是生命里最美的爱!

笑是动人的花蕾

在商场碰到同学黎，不禁有些吃惊。印象中整日笑靥如花的她，神情黯淡，面色憔悴。看到我，她笑了，笑得很是勉强，让人看了很心疼。只有紧紧握在一起的双手，还像从前一样热烈有力。

拉她到商场一角的"饮吧"小坐，像上学时一样，每人一杯酸梅汁。从她断断续续的倾诉中，我知道了事情的原委。原来，三年前，她经历了一个女人最疼的痛——七岁的儿子跟她出去郊游时，不幸溺水身亡，当时，她要跟着孩子跳河的心都有了。

老公不堪失子之痛，将怨气全部撒在她身上，怪她没有照顾好孩子，甚至动手打了她。她默默忍受着，老公的打骂反倒使她心里好受了一些。

从那后，老公经常拿她出气，打骂更是成了家常便饭。她想，总有一天老公会像从前一样爱她，会明白她跟他一样痛苦。

后来，老公很少回家，并且早有预谋地提前将财产转移了。当老公向她摊牌离婚时，她简直呆了，她不相信从大学就在一起的他们，真的走到了尽头。然而，事态的发展由不得她细想。老公见她不同意离婚，直接去法院起诉了。还没从丧子之痛中走出来的她，不得不勉强应付法院的传唤，律师的取证……最终，她心力交瘁，几乎净身走出那个曾经承载了她所有幸福与梦想的家，回到母亲留给她的一间老屋。

我难过得说不出话，更令人心酸的是，此时的她面无表情，像是在讲别人的故事。我握着她的手，良久无语。

不知过了多久，我蓦地冒出一句无厘头的话："黎，你知道吗？你笑起来很好看！"

"是吗？"她眼神一亮，瞬间又暗了下来："我儿子也这样说，他说，妈妈笑起来真漂亮！可惜他再也看不到了。"她泣不成声。

"没有谁的天空永远是湛蓝色的，如果命运给了你一颗酸柠檬，那就想办法把它变成可口的柠檬汁！"我把她上学时送我的这句格言送还给她，又说："其实，你儿子在天堂能看到你的笑脸，不信，你天天对着镜子笑笑看？"她虔诚地点点头。

此后，她果真在床头、桌前、门后放置了若干镜子，只要看到就会对着镜子笑一笑。因为这些笑容，她的心境慢慢转变，心情一天天好起来。再次见到她，身边已多了位"保镖"，她的脸上重新挂着纯美的笑容。

"你笑起来很好看！"我由衷地说。没有人能拒绝这样的笑容，生活也一样。笑是动人的蓓蕾，你对它笑，它一定会回报你灿烂的笑脸。

爱上爱你的感觉

也许我并不爱你，你出现在视线之内，我的眼前一亮。可那并不代表什么，你像极了青春那场旧梦的主角。

那些青葱岁月如窗外的柳眉儿，早已纷纷扬扬落满过往的罅隙。仿佛祈祷了一千年，等待了一千年，才遇见你———朵并不太起眼的紫云英，静静开放在站台的石隙中。紫云英性喜温暖，水枯山寒的土丘上到处有它扎堆怒放的身影，就像此时你的孤傲与逼人的英气无处躲藏。

驻足，凝眸，生命的列车在人生的必经驿站做短暂停留。你摇曳着单薄的身姿向我致意，看起来是有些干涩，叶脉紧紧收拢，枝节骨干写满艰辛与沉默。从你紧紧收拢的叶片中蹿出一根细茎，顶端开着一朵娇柔的紫色小花，紫白相间的小花直挺挺地立着，像骄傲的公主。我不知道是风还是鸟把你的种子带到这里，也不知道是哪场雨润湿了你的外壳，让你慢慢敞开心扉，接受阳光的照拂，然后生根、发芽、抽穗、开花……那一刻，我多想成为一掬清泉，来舒展你的筋骨，鲜活你的血肉，润泽你的心田……

我知道我不会永远驻足不前，迟早我会回到生命的轨道，奔赴未知的远方。纷繁的尘世无法留住你的花香，我也做不到永远清洌甘醇，永不枯竭。我一直奇怪，你是否有一种神奇的力量，能在如此干硬的环境中花开成霞，灿烂如阳。

令人怦然心动的不是因为你有多么美,最打动我的应该是你身处恶劣环境却无怨无悔尽情绽放的姿态。石隙中的紫云英冷不丁就会被来来往往的旅客踩上一脚,但你不气馁、不妥协,用时间疗伤,一次次把弯了的腰杆重新扳直。多像那场青春旧梦里的主角,为了梦想从一个城市到另一个城市,用自己的才情和辛劳为情筑起一座巢,为爱撑起一片天,努力活出自己的精彩,拓展自己的生存空间,繁衍生息,直至花繁叶茂。

邂逅,总会让人浮想联翩,一如我在这个小城站台遇见你。你是谁并不重要,重要的是我已感觉到你的渴望、你的敏感、你的温柔。我愿意为你做任何事情,只要你要,只要我有。我不知道这是否因为爱你的缘故,但我喜欢这样的感觉,喜欢围绕在你身边窥探你、呵护你,好让你感知到我的存在。

暴风雨就要来了,我知道是我离开的时候到了。亲爱的,让我再看你一眼,好吗?不要那么快就把花瓣收拢起来,即使为了酝酿一粒种子。此时,我隐约感觉到一种难以言喻的痛楚,因为离别?因为爱你?不!与其说我爱你,不如说我爱上了爱你的感觉。爱你的感觉很特别,有点莽撞,有点酸涩,更多的是一种幸福。

后座的爱情

小眉终于决定跟相恋五年的男友分手了，这段不被世俗看好的恋情遗憾地画上了句号，似乎应了那句老话："不听老人言，听亏在眼前。"

五年前，刚刚大学毕业的小眉不顾父母的反对，毅然放弃家里给安排好的工作，义无反顾地来到男友工作的城市，追随在爱情身边。一对没有任何根基的青年男女，就此开始为生计、为未来打拼，个中坚辛不言而喻。

然而五年过去了，他们依然是像当初来到这个城市一样，不要说买房，就算租房的资金也是省吃俭用从微薄的收入中挤出来的。男友有了自己的朋友圈，偶尔出去喝酒小聚，回到家也不像从前那样对小眉百般体贴，而是把自己扔在电脑前，上网、玩游戏，说是累了一天放松一下。同样上班累了一天的小眉，洗衣做饭，像结婚多年的小妇人一样跟菜市场的小商小贩讨价还价，精打细算，希望通过两个人的努力，给自己创造一个美好的未来。

直到有一天，小眉因为身体不适去医院一查，得知自己怀孕了，她满心欢喜地打电话告诉男友，催他快些办理结婚登记手续，希望生下他们爱情的结晶。然而，男友的一句话彻底凉透了小眉的心："你不要胡闹了，我马上去医院陪你做人流手术，现在我们要房没房，要什么没什么，我不能因为孩子的拖累影响到我们的发展大计……"

小眉的泪水无声地滑落下来，多日积聚的委曲一下子涌上心头：自己放弃安稳的工作追随在他身边，生病时男友一句"把药喝了早点睡觉吧"就把她独自扔在床上，一个人在电脑前玩得不亦乐乎；工作了一天累了，为了省钱，打消与他外出吃饭的念头，硬撑着自己下厨做好两个人的饭菜，而男友只是心安理得地享受着，连一句"辛苦了"都不说；情人节，男友连玫瑰也省了，买一块猪头肉回来，说是改善一下生活……小眉越想越伤心，忍不住跟男友抱怨，这次，男友的一句话让她终于明白，自己为爱付出的是多么可笑的讽刺："你可以找个有钱人过如花似玉的生活，没人强迫你跟着我，是你自愿的！"

带着一身伤痕的小眉，毅然回到家乡，像当初离家一样决绝。

并不是所有的姑娘都喜欢坐在宝马车里哭，大多数女人还是喜欢坐在自行车后座上笑的，如果有一天，她离开了你的自行车，一定是因为，你把后座上的她弄哭了。

适合自己的才是最好的

朱丽最近一直举棋不定，新交了两个男朋友，一位是母亲同事介绍的阿信，此人是独生子，家境甚好，刚刚考入一家事业单位，在母亲眼里，那是前程无限，所以非常中意，极力撮合朱丽与阿信的婚事。可朱丽总感觉跟阿信说话就像隔靴搔痒，虽没什么不妥，但难诉终曲，内心既感觉不到什么异样，也掀不起任何波澜。

而另一位则是朱丽的同事阿亮，他出身农门，完全没有背景，与朱丽在一起倒是有说不完的悄悄话。从内心来讲，朱丽更心仪阿亮，两个人在一起有说有笑，更像凡尘食人间烟火的夫妻。

但朱丽经不起母亲的唠叨，一想到自己跟阿亮不知要打拼多少年才会达到现在阿信轻而易举就能给她的物质条件，朱丽还是犹豫了，毕竟结婚是一辈子的大事，是柴米油盐的琐碎，不是靠一时的风花雪月就能维持下去的。

百般纠结的朱丽打电话约我一起逛街，希望我给客观分析一下，帮她拿个主意。于是，我们约好去庙会玩，边闲逛边听朱丽诉说原委。

在庙会一个珠宝摊位上，我们同时看好一条珍珠项链，在试戴之后，我毫不犹豫地让在现场服务的工艺师给掐去五颗珍珠，将项链缩短了一些。卖主爽快地答应了，但少了五粒珍珠的项链价钱不变。朱丽再次犹豫了，说同样的价钱，还是要长的吧。

长短合适的珍珠项链一下子为我增色不少，而朱丽的项链因为长了一截，最下边被衣领遮挡住了，怎么看怎么像戴佛珠的效果，朱丽很是懊恼。

我趁机告诉她，有所失才能有所得，关键是看自己的价值取向，当你无法选择的时候，一定要安静下来，问问自己的内心，到底想要什么，期望达到什么效果。

朱丽若有所思，说自己有答案了。其实，选爱人跟选项链是一个道理，长短并不重要，重要的是要明白你买项链的目的是什么，项链能不能给你增色，走在路上能不能给你增加信心与勇气。春桃秋菊，各有其时，适合自己的才是最好的。

婚姻中的美丽契约

近日，电视剧《美丽的契约》编剧宋方金与主演宋丹丹之间因"演员用不用照剧本表演"一事争得面红耳赤，在演艺界与编剧界引起轩然大波。其实，任何关系要想和谐相处，都有一定的规则存在，或者有明文规定的，或者是约定成俗的潜规则，没有规则的游戏注定玩不长远。婚姻中的契约亦是如此。

刚结婚时，为保持婚姻质量，小艾夫妇曾约法三章，多少年来，他们一直认真遵守并已养成习惯，至今过着让人羡慕的安稳有序的幸福生活。他们的婚姻契约其实特别简单，就三条：一是真诚相对，分工明确；二是遇事商量，互不隐瞒；三是不断学习，共同进步。

一对男女决心步入婚姻殿堂，初衷必是希望地老天荒花好月圆，就像婚礼誓言所说的那样：自愿与对方生活在一起，无论贫贱富贵，无论老病健康，都不离不弃，无论遇到什么样的挫折或面临什么样的困难，都要抱定终身相守的信念。这个信念，就是婚姻潜意识下的爱情契约。"执子之手，与子偕老"不只需要勇气，更需要一颗包容心。婚姻中的"契约"体现的是一种同心意识，就像团队中的价值观一样，是婚姻延续的基础，两个人心在一处，才有相似的价值取向，才能和谐共处。

小艾夫妇婚姻契约的第二条，特别强调了职责分工与信息共享。一个公司，如果职责不清、信息不通，工作容易脱节。而一个家庭如果分工不明，有可能出现家务互相推诿，一人闲散一人忙乱的现象。而小艾夫妇开始就对家事明确分工，一个做饭，另一个就洗碗；一个洗衣，另一个就拖地……夫唱妇随，琴瑟和鸣。遇事商量体现的是互相尊重的原则，及时沟通达到信息共享的目的，彼此了解，相互理解，日复一日，现实的琐碎被明确的职责分解，化为家庭生活中的一个个和谐的音符。

夫妻相处的模式并不是一成不变的，不同时期的重点不同，所要注意的事项也各异。刚建立小家庭时，新婚宴尔，两情相悦，二人世界相对单纯。随着孩子的出生，父母渐老，男女双方面临的问题不再是你侬我侬的情感问题，而是两个家庭甚至两个家族之间的责任与义务。如何在百忙之中处理好家庭关系，需要不断学习与磨合。

矛盾的产生往往是日积月累的结果。在单位工作，开始仗着自己学有所长，工作做得得心应手，然而科技的发展必然导致技术的更新换代、信息的日新月异，如果不及时充电学习，就跟不上岗位的要求，必然遭到淘汰。夫妻关系也是如此，就算俩人开始是站在同一起跑线上——相似的背景，相同的学业水平。假如一方学习另一方安于现状，用不了几年，夫妻双方共同语言就会大大减少。再譬如出去旅游，刚上路时起点是一样的，走着走着，俩人不是快慢不同，就是被不同的目标所吸引，你喜欢抬头看阳光，我喜欢低头看花草，脚下的距离越拉越大，矛盾随之而来。

在现实生活中，人总是被事赶着，肯停下来等候对方的案例并不多。等到男女双方意识到彼此之间的裂痕，往往就已经很难弥补了。不是对方变了，而是自己停滞不前，拖了对方的后腿。即使双方努力，为了缩短这段距离，或者你委曲求全停下脚步，或者我快马加鞭大步快赶，结果都是一样的，那就是男女双方都感觉辛苦，再也寻不回最初的温情与和谐了。

有人说：女人是水，男人是泥，婚姻就是"和稀泥"。虽然婚姻就是搭伙过日子，但假如没有一定规则，没有一种信仰，很容易让婚姻中的男女迷失，或为情所困，或情不自禁，太在意太计较则婚姻不会幸福。而婚姻有了"契约"，混沌的情感空间便多了些理性与坚守，琐碎的生活才不会杂乱无章。

爱一时容易，爱一世很难，婚姻有了"契约"，便多了份责任与担当，多了份信任与欣赏。多少年之后，回头再看，家依然是美丽的花园，婚姻依然清香远溢，历久弥新。

"害怕"是真爱

朋友聚会，拍照留念是常有的事，即使男女单独合影，现代人也不会感觉有什么不妥。而S君却总是拒绝单独跟异性合影，说是怕他妻子看到生气。大家除了取笑他患"妻管严"之外，也感觉不可思议，夫妻之间如果连与别人合影都不放心，事事小心，处处留意，两个人在一起该有累啊！

S君笑了，他说，爱一个人就要给她安全感，她不开心的事，只要不是原则问题，都要避免去做。因为爱她，晚回家时会及时给她打电话，自己加班再累，也要报个平安，让家里的她放心；因为爱她，陪她逛街看韩剧，陪她哭逗她笑；因为爱她，她做的饭再难吃，也装作很有胃口的样子吃得津津有味；因为爱她，愿意把工资卡交给并不擅长理财的她……

原来真爱一个人，就是"害怕"。害怕她生气，害怕她担心，害怕她吃苦，害怕她受累……对一个人越在意，越是容易患得患失，越是表现得害怕对方。当然，害怕也是有底线的，那就是"害怕"是以爱而不是以伤害为前提。

前不久在网上看到一位中年女性趁丈夫睡熟之机，拿刀砍死了自己的男人，当记者采访她为什么要这样做时，她说与其在恐惧中度过余生，不如在监狱中老死。原来，自从结婚之后，她丈夫只要有不顺心的事就拿她出气，轻则打骂，重则往死里整她，只要她稍有反抗就会遭到更严重的惩罚。她几次想离婚，都在男人的淫威下妥协，直到忍无可忍，发生杀夫惨案。当然，这是非常极端的少见的"害怕"，这个女人的害怕就不是以爱为前提，自然算不上真爱。

爱情是没有规则的游戏，只要双方认可，什么样的相处模式都是正常的，心疼自己的爱人，怎么做都不过分。就像朋友那样，绝对是周瑜打黄盖，一个愿打一个愿挨。两个人在一起，是为了开心，而不是为了吵架，聪明的男人往往会舍小求大，面子事小，家和事大，与爱人的欢愉相比，小小的"面子"又算得了什么呢？

害怕委屈了对方，努力让自己变得更好是真爱；捧在手里怕摔了，含在嘴里怕化了，百般呵护对方是真爱。爱一个人，会以对方的幸福为幸福，以彼此的快乐为快乐，因为懂得对方的喜好，所以才"怕这怕那"，在意对方的情绪。稍稍牺牲一下自己的感觉，带给你身边的人巨大的安慰，真爱就是如此简单。得到是一种幸福，"害怕"丢了对方，自愿付出更是一种幸福。

以对方需要的方式去爱

陈冰与周健雄是大学同学，俩人恋爱四年，结婚十年，儿子已经九岁，不知不觉已是人到中年。陈冰在一家文化公司做编辑，周健雄则是某贸易公司的地区经理，在外人眼里，他们过得是有车、有房、有爱、有家的美好日子。然而，每每说到婚姻这个话题，他们在朋友面前欲言又止的表情，似乎隐藏了些什么，脸上的落寞与无奈却无从掩饰。

有一天，周健雄像往常那样，晚上应酬到很晚还没有回家。孩子早已做完作业回自己房间睡了，百无聊赖的陈冰拿起手机登录微信，查看附近人消息，与一位主动搭讪的网友"凌云志"聊得颇为投机。其实他们的话题并没有什么出格之处，无非是各自的心情与状况，直到周健雄醉醺醺地回家，陈冰才恋恋不舍地关闭微信。周健雄倒头便睡，甚至都没有理会陈冰主动贴在他后背的拥抱。

这一夜，陈冰失眠了，她不知道婚姻中的健雄为什么会变成这样。她与健雄是自由恋爱，双方父母也很赞同，是有感情基础的。原来谈恋爱时，只要一个微笑，健雄就会情不自禁地过来抱着她，吻她，问她想不想他，她永远忘不了俩人没钱时分吃一份牛排的快乐。如今日子越过越好，虽说人到中年，难道就不需要爱的体语了吗？

第二天是周六，健雄睡到日上三竿才起床，边吃早餐边向陈冰道歉，并发誓下次不再喝多了。陈冰漠然地望着他，这已经不是第一次了——醉酒、道歉、发誓，然后再醉酒、道歉、发誓……陈冰望着虽然已经开始发福但依旧英俊的健雄，一句话都不想说。她像往常那样开始收拾卫生，把家里角角落落打扫得纤尘不染，她觉得自己已经尽到了一个妻子应尽的义务。

健雄喊她坐下来陪他看会儿电视，她一脸的不屑，好不容易休天班，她可不想把时间浪费在无聊的电视娱乐节目上。健雄的目光暗淡下来，拿着遥控器不停地换台，电视上的节目走马灯似的换来换去，一会大声一会小声，搞得陈冰更是心烦意乱。终于，她忍不住了，像往常一样冲健雄起了高声："老婆在干活，你不帮忙也就算了，能不能不制造噪音折磨别人？"

谁知健雄并没有像往日那样把声音关小，而是火冒三丈，脱口说道："你能不能坐下来陪我看会儿电视？地面不是镜子，都快照出人影来了，还擦个没完，有意思吗？"陈冰一听，一下子愣住了，顿时感觉委屈万分，自己辛辛苦苦操持家务，不但没有得到应有的尊重，甚至引起爱人的反感，这让她始料不及。

一气之下，她扔下拖把回了娘家。母亲看她表情不对，再三追问，陈冰才把原委说与母亲听。母亲叹口气，指指阳台上正在浇花的父亲，意味深长地对陈冰说："你觉得你爸爸爱我吗？"陈冰毫不犹豫地说："爱！当然啦！爸爸什么事不听你的啊！"

母亲说，你父亲其实最不喜欢花花草草，当初搬家时，他就想在阳台放一张摇椅，把占满阳台的那些花花草草清理干净，为此我俩没少争执，最后，我们各退一步，摇椅放了，花少种了一半，各自欢喜。婚姻就是这样，只有照顾到对方的需求，才能少起争执，有时男人的要求其实真不高——有个贴心的伴侣，有份闲暇的心情，有点消遣的时间，仅此而已。你也许觉得把家里清扫干净很重要，而健雄可能认为你陪他看电视比较重要，家家有本糊涂账，男人与女人的战争从来就没有赢家，因为没有标准可言。

母亲的一席话，让陈冰逐渐冷静下来。恰在这时，儿子打来电话，说爸爸要带他去公园，问她在哪里，要不要一起去。陈冰说在外婆家有事，就不去了。

在母亲的劝慰下，陈冰平心静气了许多。她回到家，健雄与儿子还没有回来，桌上有一张纸条，是健雄的笔迹："冰冰：对不起，你那么辛苦做家务我还冲你发火，是我的错，请你原谅我！其实，对我来说，家里脏点乱点没关系，我更喜欢你陪在我身边的感觉。爱你的健雄。"

陈冰心头一热，她终于明白，自己所有的付出，只要不能抵达对方内心的需求点，就不能算是爱的有效表达方式。爱一个人，就应该以他需要的方式去爱，而不是自己喜欢的方式。爱的最高境界就是满足彼此心灵的需求。

从那以后，他们时常用小纸条写出自己的需求，他们怕语言太轻，话出如风，容易烟消云散，那些"索爱"的小纸条更有质感。自从陈冰开始陪健雄看电视，健雄出去喝酒的时候也少了许多，除了工作必需的应酬，他几乎都在家里窝着。他们时常翻看那些"索爱"小纸条，浓浓的爱意便开始在心中蔓延，重新感受到了爱的温暖。

第三辑 绽放生命的美丽

种下行为,会收获习惯;种下习惯,会收获态度;种下态度,会收获命运。

在急功近利的社会,很多人心浮气躁,我们无法改变什么,只能保持自己。保持质朴、善良、自信、勇气、信念、毅力,勇敢面对现实生活,努力提升生命的质量。只要我们足够努力,相信爱和喜悦一定会降临我们身边。

细品女性之美

静心细品,女人都是美丽的。

女人的美丽是全方位和多角度的,比如脸蛋漂亮或干净,比如大脑聪慧或睿智,比如身材苗条或丰满,比如性情温柔或可人……

温柔的女人是美丽的。她的美丽缘于与生俱来的母性、婉约与奉献精神,如果男人是钢铁,温柔的女人便是熔铁的炉火。温柔女人不显山不露水,一个眼神,便能让血性男儿感觉到无处不在的温馨与安宁。春风化雨,滋润心田,男人因为女人的关注而有英雄的感觉。

感性的女人是美丽的。她的可爱之处在于她的真实与清澈透明。感性的女人喜怒哀乐溢于言表,表情永远生动地展现着她真实的内心世界。她不世故,不做作,一颦一笑皆流露出孩童般的天真与好奇,情绪是她最动人的色彩。

性感的女人是美丽的。性感是对女人最好的赞美,是对女性魅力最好的诠释。性感的女人不一定容貌出众,不一定穿着时尚,但她经历过生活的磨砺,言谈举止不经意间透露出的淡定从容与自信让人无可抵挡。性感是岁月沉淀而来的自然风情,存在于一个微笑、一个眼神、一个动作之中,与衣服领口开的高低,衣服紧身与否,曲线是否凸现无关。真正的性感与气质一样,不是生理层次的肤浅理解,而是一种品味,是思想、精神层次的深度,不是所有人都能企及的东西。

　　豪爽的女人是美丽的。豪爽的女人胸怀宽广，为人大气；出得厅堂，入得厨房；感性之中含有理性，巾帼不输男儿，自有一番潇洒粗犷之魅力令人刮目相看。

　　女人的美丽与年龄无关。少女美在清纯，少妇美在优雅，老妇美在淡然。女人的美丽是从骨子里发散出来的，无须扭捏作态。人造美女只是标本，少了鲜活的个性与自然，而真正的美是独特的，是无法复制的。

　　世界上有多少种女人就有多少种美丽。如花笑靥是美丽的，柔媚含情是美丽的，细腻迷离是美丽的……春桃秋菊，夏荷冬梅，或淡香远溢，或芬芳馥郁，各具风情，没有任何可比性。美丽的女人可以色彩斑斓，也可以洁白无瑕，世间因为女人平添了万千风景。

性感女人

漂亮女人出场往往能一下子吸引住人的眼球，而随着时间的推移，并不是所有漂亮女人都可以牢牢牵住人的视线。有的女人并不漂亮，开始从众人面前走过，没人会注意到她。但是时间久了，她能吸引很多人的关注，只因为她比那个漂亮女人更性感，更具风情，更有女人味。

性感是对女人最好的赞美，是对女人魅力最好的诠释。性感女人，她不一定容貌出众，不一定穿着时尚，但她历经生活的磨砺，言谈举止不经意间透露出的淡定、从容与自信，总会给人带来女性的暖意与亲和力。

性感女人最能打动人的是她的个性化，是别人无法模仿的。比如：桌子是方的，足球是圆的，对男人来讲，哪个更好？哪个更性感？没有可比性。所以，有多少种类型的女人，就有多少种性感。

前几天我碰到一位老太太，她穿着大红的唐装，满面春风，笑容可掬，她的"回头率"极高，成了路人眼里一道亮丽的风景。那一刻，我看着她，微笑着，欣赏着。她神情从容，同样对我报以微笑。那种优雅与淡然仿佛是从骨子里发散出来的，毫无做作、扭捏之态。"性感"是我当时在她身上所看到、想到的最妥帖的形容词。可见，性感与年龄无关。一个性感的女人，可以是青春逼人的少女，也可以是优雅淡然的老妇。

性感是岁月沉淀而来的自然风情，是一种态度，是"得到——淡然""得不到——仰望"的恬淡。

性感还是一种品味，做最真实的自己，不在意他人的眼光，自信自立，不违心迎合潮流，把素养与内涵融入骨子里，也许，不经意间你已成为真正的性感女人！

逛街的女人

喜欢逛街是许多女人的"不治之症"。

女人在逛街时个个精神十足，眼睛贼亮。就算只需在楼底超市买点青菜猪肉，也要先到楼上楼下逛个遍，生怕错过什么新鲜货品。哪怕不买，饱饱眼福也很知足。除了必要花销，女人的口袋里都会多装些钱，以备心血来潮之需。

爱看书的女人，总会在商场图书角停留，每次都在心里告诉自己，只看不买，但差不多十次有五次都有爱不释手之册。于是原谅自己说："腹有诗书气自华！看书既可以增智，又可以为精神美容，买之。"

爱淘过季服装的女人，大多囊中羞涩，却对名牌推崇备至。那些质地优良，素日近乎天价只能望而生叹的精品，打折无异于天上掉馅饼。只要接近自己的承受能力，女人便会毫不犹豫地收入囊中。时尚新潮的女人，喜欢标新立异，喜欢购买最新款式，掏空腰包不眨眼的潇洒，绝对吸引他人眼球。

如遇商场店庆或其他节日促销，女人会比过节还开心。明明知道羊毛出在羊身上，还是抵不过花花绿绿的服装和一些新潮玩意儿的诱惑，不停地在身上比试着，本来就不太坚强的意志很快地动山摇，占有欲快速膨胀。有些东西就算买回家还会被家人戏称是当废品收来的，那也在所不惜。

女人逛街其实逛的是一种心情。暂时抛开职场、家务的烦琐，全身心地投入购物的乐趣之中，本身便是放松心情、调整心态的一种方式。做自己喜欢的事心情才会舒畅，逛街的女人笑容就像一朵花，在穿梭中尽情绽放。

世间有了逛街的女人，便增添了一道美丽的风景，把这个世界装扮得更加生动，富有情趣。

女人四十一棵树

有人说："男人四十一枝花，女人四十豆腐渣。"铃兰说错了！应该是"男人四十擎天柱，女人四十一棵树"！

四十岁的女人无论家里家外，都起着举足轻重的作用，早已由娇艳欲滴的鲜花变成一棵枝繁叶茂的参天大树。

四十岁的女人已经过了"有情饮水饱"的年龄。家是她最坚强的后盾，最温馨的港湾。火热的爱情已经变成血浓于水的亲情，渐趋平淡却更久远、更难舍……所以也不再费心劳力去想什么"知音为何难觅"这类的话题。只是在下班后去超市捎点菜，给全家人做顿可口的饭菜，不经意间将温情洒满家园。

四十岁的女人想法已经很实际，不再轻易相信"外国的月亮圆""天上会掉馅饼"之类的神话。偶尔做个白日梦或在午后和曦的阳光下，想起曾经遇到的某个人，静静地想一会儿，默默地为其祝福。

四十岁的女人风韵犹存，依旧柔情似水、风情万种。虽不像少女那样热情奔放，但因为经过岁月的洗礼，风情之中更有内涵。

四十岁的女人，变得更加豁达与睿智，什么事从她眼皮底下一过，便知个十之六七。面对激烈的竞争从容不迫，拿得起也放得下。

四十岁的女人左脚踏上领导岗位，右脚踏进烦琐的家务。白天在单位挑着大梁：上级交办的工作要办好，年轻人有啥想不开的要劝导，部门之间相互扯皮的事要调节，上下级关系尺度准确把握……夜晚在家里当着主管：一家人的穿衣吃饭要管；为亲朋好友关系和谐要去"公关"；上要侍老，下要伺小；就连家里养的小狗小猫一天不收拾，它的小窝也准是乱的……

四十岁的女人如日中天，既有少女的浪漫情怀、纯真一面，又有中年少妇的成熟韵味。她会在某个纪念日给爱人送上一束玫瑰，给朋友送去一份祝福，跟父母撒个小娇，和孩子做回伙伴。

四十岁的女人听到某某有了外遇，谁谁被老公抛弃，偶尔也会为年龄恐慌。但她更加相信"要救己，求人不如靠自己""车到山前必有路"这个道理。四十岁的女人充满自信，相信没有过不去的火焰山。遇事已学会冷静思考对待，而不是一味地怨天尤人，更不会慌了手脚、无所适从。

四十岁的女人偶尔也会打扮得花枝招展，与朋友去K歌，尽情欢笑，大声吼喊。也偶尔到幽静的茶馆，与老友促膝长谈。四十岁的女人更喜欢到大自然中，放松心情，享受生活。

四十岁的女人，名利、地位、金钱……都看得很淡，什么东西在她眼里都是云淡风轻的样子。不会执着地追求什么，也不会轻易放弃自己的一切。

四十岁的女人就像一棵树，也需要爱的浸润。爱的浸润下女人变得更加芬芳馥郁、淡香远溢。四十岁的女人在外是栋梁，在内是台柱。家里家外都会撑起那把树伞，夏日里为你遮风挡雨，冬天里为你遮挡风寒。

女人一生最靠谱的投资

哪个女人没有心血来潮的购物经历呢？看好的裙子，买回家才发现没有合适的上衣搭配，于是，为了这条裙子，再去购置上衣和鞋子。某个商场家居饰物打折促销，看看便宜，眼红心热，不管三七二十一抢购一件，仿佛不买才是亏本，拿回家才发现，跟家里的装修风格根本不一致，辛辛苦苦抢来的饰物无处摆放，只好放在某个角落……这样的例子简直数不胜数。

更有甚者，看人家炒股挣了钱，明知自己不懂行，禁不住诱惑，硬是把攒了多年的积蓄投入股市，没想到，股市就像玩魔术，几天前还一路飙红的某股，突然形势急转直下，不到半天时间，自己的资金已缩水三分之一，岂一个悔字了得？

可见，说"女人是冲动消费的主力军"并不为过。身为女人，应该学会规避风险，理性投资，做个优雅的智慧女人。那么，什么样的投资对女人来说才是最靠谱的呢？

美丽投资

凡是能让自身变得更美的事情都可投资，譬如：美容、美体、衣饰、发型……建议在做这些投资之前，先学习一些相关的美容、美学、色彩等知识，提高自己的鉴赏能力与审美能力。适合自己的才是最好的，不适合的再漂亮也不要购买，这类投资需量力而行，不可影响正常生活开支。

　　与美有关的最经济最廉价的投资当属"微笑",微笑是女人脸上永不衰败的花朵。一个习惯面带微笑的女子必是从容的、阳光的,浑身散发着母性的柔美与温馨。

健康投资

　　"弱不禁风、娇柔弱小"早已不是现代美女的标准,健康的肤色与心态才是。有条件的女子可以定期去健身房、游泳池、球场等与健身有关的场所去锻炼身体,如果条件不允许,也可忙中偷闲自己安排时间进行,譬如散步,到小区广场跟着老头老太太学跳广场舞等,健康是幸福的前提,没有了健康,一切美好的物事终将无滋无味。

增值投资

　　俗话说:"腹有诗书气自华。"当你把读书、学习当成习惯,就会受益终身。学习职业技能,可令你业务娴熟,成为职场不可替代的人;学习礼仪、仪态常识,举手投足间大方得体,散发出有良好素养的高雅风范,令人心怡;学几道拿手菜,拥有一手好厨艺,会令你的家人口福大增,同时在家庭聚会中积攒若干人气,为相聚的美好时光留下难忘的记忆。

　　除此之外,也可为自己的爱好投资,让你的生活更加丰富多彩。无论哪种投资,只要能够增加你的女性魅力,它就是靠谱的。

生命是为爬山做准备的

朋友见我喜欢爬山，便问：你是为了去山顶而爬山，还是为了爬山而去山顶？

我呆了半天，慢慢比画着——为了爬山去山顶，为了去山顶而爬山……我都糊涂了，原来我是置身于生命的河流中，不能自已，所以才有左右分不清的想法。

怎么说呢？相对而望，无论我朝前看或朝后望，为了去山顶而爬山，抑或是为了爬山而去山顶，它们只是一项运动的不同程度而已。山就在那儿，如同山在脚下，你每行一步，山就矮一步，你不断攀爬行走，山也就不断地矮下去！

有时，人也可能跌进低谷，但你的每一步攀爬都是对人生的一种重新品味，是提升人生的另一种高度。山，不是孤立的，它们可以孤峰耸立，但是，山都是逶迤连绵的，每一座山都有它最高的山顶或弧顶，无论你是因爬山去山顶或是为去山顶而爬山，都是一种过程与结果的绵延与联结。

为了去山顶而爬山，是可敬的；为了爬山而去山顶，是快乐的。如果说，前者还带有一种理想主义的崇高境界的话，那么，后者则是享受着一种快乐的人生。二者都是生命的不同形式罢了。

如果说，人生如同爬山，是一场和自己的比赛。每一次爬山，都有新的高度，都有新的感受，这就是人生里取之不尽的乐趣！山在脚下，当你的努力被认同的时候，你会有一种无比的欢欣之感！攀越劳累之后的那种"神欢体自轻意欲凌风翔"的感受，会令你感触到努力的无穷魅力！

有时，我们会慨叹命运不公，为什么别人的路一帆风顺，而自己的路却是荆棘密布，怪石嶙峋？！弱者多慨叹，强者多努力，在山的面前，最能检阅我们生命的能量。

记得有一首诗这样说："莫道下岭便无难，赚得行人错喜欢，正入万山圈子里，一山放出一山拦。"连下山都不能妄自欢喜，何况上山呢？生命是为爬山做准备的，有时，每上升一步都很艰难，每上升一步都是一种超越！这就是生命里绽放出的美丽花朵，逼你的生命之花开放吧！因为，山在脚下，山在呼唤！

读懂上司的"挑剔"

大学毕业那年,我分配到一家织布厂的验整车间工作,车间主任是位四十岁左右、整天粗喉咙大嗓门说话的女人。

那是织布厂在将布匹作为成品包装前的最后一道工序,之前从织、验、修到最后的订等级,我的任务是根据质量给布订等级。等级的划分有着精细的数据标准,我早已烂熟于心。

不知为何,车间主任对我特别挑剔。每天下班前,她都会不厌其烦地重新翻验我经手的布匹,一次次挑出一些可改可放的小错。同事私下窃笑,说车间主任跟我不投脾气,故意找茬,我也这样认为,内心很是委屈。

那时,大学刚刚毕业,心高气傲的我本来就不屑做这种不需太多智力便能干的工作,于是,暗暗找好另一家单位,准备跳槽。

临走那天,我特意去跟车间主任告别,灿烂的笑容明白无误地告诉她,脱离了她的"魔掌"我有多么开心!记得她握着我的手,表情凝重地说:"你很聪明,也好学上进,本想把你作为重点培养对象,可惜你要走了……"我礼貌地握紧她的手,内心依旧泛起阵阵反感:"哼!猫哭耗子假慈悲,早知如此,何必当初?"

在职场摸爬滚打十几年后,我也成了一名中层领导,手下有近200名员工。有一天,小眉找到我抱怨:"马主任,我怎么感觉你对我要求特别严格?别人都过关的地方,为什么要我返工呢?""对你要求严格，是希望你做得更好，因为在我眼里，你完全可以更加出色，但你有些浮躁，这对你以后的成长可能会有影响。你要明白，养成严谨的作风至关重要，所以我希望你能严格要求自己。"我不假思索地回答道，小眉会意地点点头走了。

那一刻，我怔怔地望着小眉的背影，突然忆起当年车间主任对我的"挑剔"，顿时明白自己当年多么幼稚！原来有时候"挑剔"也是一种爱！而我却因为误读了她的"挑剔"，失去了一次宝贵的机会！

其实挑剔的上司也是多种多样的：有的上司是个追求完美的人，要求高，对他人容易产生不满；有的上司是对员工，尤其是公司的中层领导期望值高，希望敦促他们做得更好，给予人才更多的上升空间。

而有的上司确实存在刻意贬损下属，在现在竞争激烈的社会，这样的上司也不少见，关键是你不能显得比他强势，比他有想法有野心，比他更容易受领导赏识。

另外，也有些上司为人性情耿直，处事客观公正，就事论事，对事不对人，有时候员工也不要太敏感误会了他的意思。也许并不是矛盾本身让我们为难，而是相互误解、偏见阻碍了我们的和谐共处。所以要读懂上司的"挑剔"，保持良好的心态，才能在职场上行进自如并不断进步。

人情不能透支

有位朋友在一家杂志社做编辑，由于杂志社的财源不丰裕，稿费偏低，而朋友又不愿意降低杂志水准，只好运用人情向一些作家邀稿。这些作家与她私交不错，几次之后，其中一位坦白地对他说："给你写稿，是因为我们是朋友，你也知道我是自由撰稿人，凭稿费吃饭，你们杂志虽然品位不俗，但是靠你透支人情而维持的。错不在你，却令我很为难。"

且不说这位作家是否世侩，但他道出了为人处世最简单的道理。人和人相处总会有些情分，这情分就是"人情"。很多人喜欢用"人情"做事，但"人情"是有限量的，不是无条件的，最讲究互利互惠。就像在银行存款一样，你存得越多，可供领取的才会越多。

还有一位朋友是开公司的，因为别人拖欠他货款，而公司必须向原材料供应商支付材料费，一时周转不灵，急需一笔资金应急。结果借了一圈也没有借到，原来曾借钱给他的哥们也拒绝了他的要求，他只好抱着试试看的态度找到银行，银行信贷部门在评估了他公司的经营状况后，以最快的速度为他办理了贷款手续，算是解了他的围。事后，他不无感慨地说："关键时刻，靠谁也不行，还是银行应急。"我毫不客气地说："朋友不再借你钱无可厚非，因为你们交情并不深，他们没有义务和责任屡屡帮你。银行之所以贷款给你，是因为评估你还款的概率很高，风险小、赚利息的事，银行怎会轻易放弃?"

　　人往往会高估了与他人的交情,你的"人情存款"就那么些,如果一味地要求别人付出,那就是透支"人情"。透支有两个结果,一是导致两个人之间感情转淡,别人对你避之不及,甚至断交;二是你在他眼里成了不懂人情世故的人。

　　我们都有需要别人帮助的时候,动用"人情"需要注意几点。首先,要弄清楚你们交情的深度,再决定是否找他帮忙。其次,要有适度的回馈,及时"还人情",比如请吃饭、送礼物,或者他人有求时你必应。最重要的是,就算对方欠你人情也不可抱着讨人情的心态去要求对方帮忙,这会引起对方的不快。最后,动用人情的次数越少越好,动辄就找别人帮忙,迟早会变成不受欢迎的人。

给自己创造一个贵人

在人的一生中,有没有"贵人"存在呢?当你遇到难题无法解决或陷入困境无法突破时,是不是特别渴望有个"贵人"出手相助?如果,我们把那些帮助你、点拨你、赏识你、支持你,伸手拉你一把、助你一臂之力的人都称之为"贵人"的话,为什么有的人特别幸运会遇到,而有的人却没有那么幸运呢?

"贵人"不会从天而降,而是需要自己去创造。

前不久,赫赫有名的美国雷曼兄弟公司帝国轰然土崩瓦解,彼特和罗恩这对从小一起长大的伙伴双双失业。不同的是,彼特很快被雷曼公司下属的另一家独立公司接收录用,而罗恩却没有这么幸运,靠领政府救济金度日。他们两个人原来都是雷曼公司部门业务主管,论资历、论能力不相上下,为何彼此的遭遇却截然不同呢?

因为彼特有"贵人"相助,而罗恩没有。这样讲,可能会像迷信一样让人难以接受,而事实就是如此。彼特为人谦逊,乐于助人,对于同事工作上的纰漏,他会及时提醒或尽量帮忙弥补。而罗恩原则性强,分内的工作做得尽善尽美,而事不关己的事情却喜欢袖手旁观。原则上说,他们都没有错,只是彼特比罗恩更受人欢迎。

当今社会,合作是事业成功的基础。在职场,合作精神与团队意识尤为重要,合作可以让同事之间为了共同目标,集思广益取长补短，使我们个人变得更出色，工作取得更大成就。一个受欢迎的人自然会比不受欢迎的人得到更多的帮助或机会，让别人喜欢你，愿意与你合作是赢得"贵人"的前提。因此，所谓"贵人"相助，实质是你人格魅力发挥作用而产生的自我救赎。

"贵人"可以创造，但创造"贵人"绝非一朝一夕的事情，不是你需要贵人时刻意伪装或迎合而骗取别人帮助的临时性行为。也许别人出于对你有一时好感而出手相助，但如果他认清你的本质，迟早会远离你，偶然性贵人并非真正的贵人。真正的贵人是日常生活中你不经意的举动，不刻意的行为，不功利的表现而来的。就像彼特，一个乐于助人的人，别人自然乐意帮助你，别人便是你的贵人。

在单位上，我们常常会说某某深受上司喜爱，得到重用。这是因为他工作认真，不计较个人得失，事事以大局为重。领导自然愿意提拔这样的员工，上司便是他职场上的贵人。

如果你诚实守信，能力超强，值得信赖，别人才会很放心地委你重任，你会获得比别人更多的机会，那么，这个人也会是你的贵人。

如果你善良纯朴，事事为他人着想，你若有难，相信别人也会同情你，继而愿意助你一臂之力……或者你与人性情相投，别人也会无条件地帮助你，这个人也是你的贵人……

由此可见，贵人其实无处不在。而真正赢得贵人的是你自己的美德，比如诚信、勇敢、谦虚、宽容等。要想得到贵人，关键在于修身，当你的人格足够高尚令人敬仰时，当你为人坦诚值得信赖时，当你乐于助人倍受欢迎时，当你与人为善不图回报时……当你有难时，也许贵人便会悄悄降临你的身边。

好马照吃回头草

安安大学毕业后，应聘到某广告公司从事平面设计。由于专业对口，又是她的兴趣所在，工作起来得心应手。不料，两个月前，安安所做的一个设计方案出了常识性的错误，致使公司的一个大客户不满，停止了与他们的合作，老板一气之下，炒了安安和另一位助理的鱿鱼。

一向工作细致扎实的安安，怎么会出现如此明显的失误呢？老板百思不得其解。他暗暗调查，终于得知，安安所做的那个项目设计方案被人做了手脚，安安是被冤枉的。

于是，老板分别给安安和另一位助理打电话道歉，并请他们回来上班。那位助理还没等老板把话讲完，就断然拒绝了。他生气地对别人说："好马不吃回头草！当初不听我解释就赶我出去，现在又想让我回去，门都没有！"

安安接到老板的电话，开始也像那位助理一样，不想再回公司。但这段时间，到处找工作的安安也是四处碰壁，专业对口的待遇一般，待遇好的又不是她所喜欢的专业……因此，她犹豫了片刻，还是答应老板回公司上班了。经过这件事，老板对安安不禁另眼相看，对她不但信任有加，还渐渐把一些重大设计项目交给她来做，两年后，安安顺利升为部门主管。

还有一位朋友，本来跟女友相处得挺好，后来，单位来了位实习的大学生，女友一见钟情，甩了男友，开始追求新来的大学生。相处一段时间后，女友感觉还是原来的朋友更适合自己。而那位大学生实习期满，连句再见都没说，就去了另一个城市。女友鸡飞蛋打，悔不当初，又回头向朋友认错，想重续前缘。朋友虽然还爱着女友，还是断然回绝："好马不吃回头草！"那段情，最终成了朋友心中永远的痛。

也许有人会说，"好马不吃回头草"是一种"志气"，但并非所有时候，不吃回头草都能成为有志气的象征，有时却是因为"意气"。许多人在面临是否回头时，常常把"意气"当作"志气"，或给"意气"穿上了"志气"的华服，明知"回头草"又鲜又嫩，就是不肯回头去吃。

人生充满变数，并不是不吃回头草，就一定会饿死。是否回头是一种选择，在做出选择之前，不妨考虑一些细节，比如：我现在是否有草可吃？如果有，这草是好是坏？或者目前没草可吃，前景是否乐观？在吃到草之前，我能坚持多久？比如："回头草"的成色如何？是否值得去吃？

除了这些，其他诸如"面子""志气"这些事情，都可以忽略不计，因为思虑过多，就会坐失眼前的机会。换句话说，你要考虑的是现实，而不是面子或志气。饿死的好马，即使是匹千里马，也只是"死马"而已。所以，好马照吃回头草，不必计较别人的看法，只要诚恳地吃，回头草吃得有成就，别人照旧佩服你：果然是一匹"好马"！

当众拥抱你的"敌人"

人与动物最根本的区别就是,人有思维,凡事先思后行,而且可以根据需要,及时调整行动方案。而动物的所有行为均为本性而发,属于自然反应。因此,人可以当众拥抱自己的敌人,动物则永远不会对入侵者客气。

当众拥抱你的"敌人",并不是件很容易的事,因为多数人看到"敌人",都会有灭之而后快的冲动,如果不是道德法律的约束,相信每天都会有"灭九族"的事件发生。因此,与"敌人"狭路相逢,多数人会采取敬而远之或冷若冰霜的态度,有的则喜欢指狗骂鸡,对"敌人"冷嘲热讽,做到拥抱敌人的少之又少。

"当众拥抱你的敌人"是一种智慧。在职场,主动与敌人拥抱,不只迷惑了对方,还制造出一种假象,让第三者搞不清你们之间的真正关系。这样,给人的错觉就是你们已"化敌为友",即使别有用心之人,想利用你们之间的罅隙搬弄是非,也会心存顾忌,更不敢在敌人面前对你落井下石了。当众拥抱敌人,采取的是一种"主动制人而不受制于人"的策略,你的主动,让对方处于"被动接招"的态势,无论他是否回应,都已比你慢了半拍。对方如果不接招,会显的他小气;接招,他在心里不知会有多么勉强,在心理上你已胜一筹。

当众拥抱你的"敌人"是一种气度。明明心里恨死了对方,你却用拥抱代替咬牙切齿，这本身便是襟怀宽广的标志。比如你在公开场合，肯定对方某一方面的成绩，会给人一种不计前嫌、客观公正、一切以大局为重的印象。同时，拥抱敌人，会削弱对方对你的敌意，既避免与对方的关系进一步恶化，也给自己的来路归途减少一些阻力。

当众拥抱你的"敌人"，这个动作一旦做出来，久而久之便会成为习惯，让你与人相处时，无论对人、事、物，都做到"容人所不能容"，不知不觉宽广了你的胸怀，这才是大智慧，是成就一番事业的必备素质之一。

事实上，当众拥抱你的"敌人"，并不是很困难的事，比如公开关心对方，虚心向对方请教，当众称赞对方……这些"当众"行为说到底就是做给别人看的，表面上不把对方当敌人，说不定有一天，你们真的会"化敌为友"了呢！

学学职场韦小宝

金庸的武侠作品之所以深受广大读者喜爱，很重要的一点就是，他所塑造的人物，或憨厚如郭靖，或痴情如杨过，或正直如张无忌……或多或少满足了人们对于英雄、美女、帅哥的内心渴求。让人捧腹又念念不忘的还有一个人，这个人虽出身卑微，却在江湖黑白通吃，路路畅通，他做过官、泡过妞、当过英雄、一夜暴富……可谓享尽清福，占尽人间便宜，他就是《鹿鼎记》中的韦小宝。

今天看来，韦小宝的成功就像成名的"快男""超女"一样，似乎有些偶然，但读过心理咨询师李鲆的《职场鹿鼎记》对韦小宝职场神话的解读，才恍然大悟，原来，没有任何背景和后台，没有绝世武功和满腹经纶，又不算勤奋努力的韦小宝，能在复杂的职场顺风顺水、飞黄腾达并非偶然，因为他有自己特有的生存妙招，那就是他的人际关系学特别出色，最重要的有两条。

一、做得好还要跟得好

韦小宝是妓女之子，只知其母不知其父，在扬州丽春院长到十二三岁，被茅十八带到北京，随后入宫。在一次偷食过程中，结识了康熙皇帝，取得其信任。他助康熙除去鳌拜，从无品级的小太监一跃升为六品首领太监，成了康熙的心腹。从此顺风顺水，风光无限。

"在职场上，你若是能跟对一个重量级的大佬，你就更容易结识各路豪杰，更容易发挥自己的能力，成就自己的事业。大佬要提携你其实很容易，挑几件容易见功的事让你做，你要的人马政策他都给你，你有了成绩他就大加宣扬，有了过失就替你揽着，关键时刻帮你说上两句话，你自然一路顺风顺水。"

"海里有亿万粒沙子，但只有进入蚌壳内的才会成为珍珠；一株水仙花长在麦田里，会被当成杂草拔掉。一个人要想生存发展，他所处的环境十分重要。做得好不如跟得好，就是说，你一定要选择一个更适合你、更有利于你发展的职场环境。"

二、知足，善于学习与合作

《鹿鼎记》最后一章，顾炎武、吕留良、查继佐和黄梨洲四人拜见韦小宝，劝韦小宝做皇帝，韦小宝坚决推辞。他胸无大志，很满意自己的现状，皇帝的位置在他眼里是个苦差。"韦小宝就像现代公司里的员工，他是在给别人打工，按照经济学的原理，在薪酬固定的情况下，少干活就是薪酬最大化。康熙却是公司的老板，他是在给自己干活，他若偷懒，损害的是自己的利益。众所周知，员工可以不负责任，可以偷懒耍滑，朝九晚五，踩点上下班就足够；老板却要永远勤勉，要先到后走，睡觉都恨不得睁着一只眼。"权力虽诱人，责任也很压人，权力达到极致，就失去了享受的乐趣。

此外，韦小宝的大度、幽默、好学、对上司下属习惯性地赞赏，都为他赢来不少的人气。处处留心皆学问，你只要足够用心，就会发现你身边许多人，包括自己的敌人，都有值得你学习的地方，只有善于向他人学习，才能在职场上立于不败之地。

韦小宝为人随和，善于与人合作。我们知道，要想获得人生的成功，就一定要学会团结协作，单枪匹马是很难成功的。人类社会文明程度越高，就越依赖于合作，合作可以产生巨大的力量。正如韦伯斯特所说："人们在一起可以做出一个人所不能做出的事业，智慧、双手、力量结合在一起，几乎是万能的。"

在职场，需要与人合作、交流，更需要精通各种人际关系。人际关系处理得好，许多事可以事半功倍；处理得不好，则是事倍功半，甚至付出十倍、百倍努力仍一无所获。许多人之所以在职场上一路坎坷，到处碰壁，根本原因就在于，他不懂职场人际关系。

韦小宝固然有许多缺点，但他的职场人际关系学，绝对值得我们去认真学习和研究。

人 脉

在我们身边，不乏这样的人：他们没有显赫的背景，学历不一定很高，其貌不扬，却把事业经营得有声有色，成了众人仰慕的成功者。他们有什么秘诀呢？美国鲍勃·比汀的《人脉》告诉了我们答案，那就是成功者都拥有并善于利用人生的关键性因素——人脉。

人脉，即人际关系。俗话说："一个好汉三个帮，一个篱笆三个桩。"要想做成大事，必定要有做成大事的人脉网络和人脉支持系统。人是干事的关键因素，处理好人际关系，比单纯做好一件事要复杂得多。人脉可以改变人生命运，是任何成功人士必备的智慧法宝。

如何获得人脉呢？

首先是态度要积极。每个人都想拥有美好的生活，渴望得到别人的认可与鼓励，没有人愿意和消极的人待在一起。思想积极向上的人，更易赢得人脉。其次是具备成功者的素质，比如坚毅、拼搏、学习、坚持……拥有了这些品质，你离成功也就不远了。此外，价值观和情感也是很好的纽带。千百年来，中国人极为重视亲情、老乡关系，同样的成长环境，往往有着相近的价值观与人生观，因此，亲戚、老乡、同学、战友都是值得珍惜的人脉关系。另外，找到与他人的共鸣点，遵循"互惠原理"，打造自己的核心价值至关重要。要想别人对你好，不妨先对别人好一点，能够说服别人认可你是迈向成功的第一步。把自己做成品牌，获得他人的信任，你就有了人脉。

成功的人生需要坚持，在前进过程中走了弯路是正常的，弯路不会永恒，而是你需要拥有或学习的某些知识必须在走弯路的过程中才能学到。当你赞美、鼓励并帮助他人的时候，会为你赢得更强大的关系网络。这样做是一种投资，是一种从来不会浪费的投资。

有人说："人的价值是由你所掌握的信息量决定的。"你的人脉资源越广泛，拥有的信息量就会越大，离成功就会越近。但凡成功的人生，必然有许多因素，起决定作用之一的就是人脉。

第二专长很重要

人在旅途,变化莫测,今天天晴,明天未必;今天居高位,明天可能失业。不知你是否意识到,其实事到临头,我们可以不必惊慌失措,可以不必束手无策,只要居安思危、未雨绸缪做好思想准备。

比如你面临这样的状况:

待了十年二十年的单位倒闭了,自己已过不惑之年,再找工作时高不成低不就,只好失业在家。

现有的工作发展已到瓶颈,既无上升的可能或空间,弃之又可惜,工作缺乏热情,内心充满倦怠,只好辞职。

自己的能力越来越不能跟上工作进程的需要,或者说自己原有的特长已经被社会淘汰,成了职业场所的边缘人。

人事动荡,你的地位岌岌可危,回天乏力;或者压力太大,时时有被炒鱿鱼或者自己主动卷铺盖走人的可能……

这些状况随时可能发生在你的身上,如果不能顺利找到合适的工作,这时,第二专长也许会帮你渡过难关。

所谓"第二专长"是指你工作以外的爱好、特长。你正在从事的职业或许是最精通的,却不一定是自己喜欢的。

为了生活及精神的寄托,绝对有必要培养第二专长。有工作时是一种爱好,没工作时,可能就是你二次创业的基础。你可以不必靠它吃饭,但它可以让你不至于没饭吃。

怎么培养呢？

先从兴趣开始。选定自己喜欢的一项事情，或买书来看，或向同行请教，或上补习班之类进行系统学习。不用很长时间，你就会成为这方面的专家。

看市场的需求。不是所有的兴趣都具有商业价值，像集邮、插花、古董等，如果你的兴趣不具有商业价值，那么可针对市场情况调节自己的爱好，尽可能找最接近的事情去做。

培养第二专长并不难，难的是持之以恒。人最怕的就是安于现状，缺乏危机意识，当环境发生变化，无法生存的也常常是这种人。这就是适者生存的道理。

有了第二专长，你可以很自信地面对眼前的状况，在人生旅途上潇洒走一回。

嫁得好不如干得好

大学毕业那年,我和晓眉同时分配在一家纺织厂上班。晓眉聪明伶俐,能说会道,很快和师傅们打成了一片,而我因为生性腼腆,从来不敢跟师傅们开玩笑,师傅们对我的态度明显不如对晓眉热情。

我和晓眉分在同一班组,她总是喜欢让我帮她做这做那,时间久了,连师傅们也习以为常,本该晓眉分内的事,却安排我去做。而每到月底统计工作量的时候,组长不管是谁干的活,统统按照分工汇总,这样,每次晓眉都比我拿到的绩效工资要多。久而久之,我的心里开始不平衡了,回家冲着父母大倒苦水。父亲听完原委,开导我说:"年轻人多干点活没什么,真正为你好的师傅会让你多动手,你的实践机会多了,获得的经验就多,工作技能提高才快。与其生气,不如争气,尽快掌握工作技巧,给自身增值,等你能够独当一面时,谁还敢小瞧你呢?要知道,你具备的技能才是自己终身受用不尽的财富啊!"

从那以后,无论师傅们安排什么任务,我都当成自己的活来干,渐渐成了班组的骨干。几年后,纺织厂破产重组,被一家外商收购,有大批工人被迫下岗回家。我凭着一身过硬的本领,被外商聘去做了技术员。直到此时,我才真正理解父亲当年的训导。人在职场,难免遇到不公平的事情,与其生气伤害身体,不如争气让自己增值,当你成了职场不可替代的员工时,领导自然会对你另眼相看了。

如今我已是某报社的主编，依然是领导眼里的"人才"，当看到某个同事因为工作分工不均有怨言时，我会禁不住拿父亲的话来开导她们。前几天，在微博上看到有位女友大发牢骚，说自己"干得好"不如某同事"嫁得好"，我不禁莞尔。嫁了好男人的女人是幸福的，而这种幸福是奠定在男人对她也好的前提之下，假如这个男人有了外心，女人的幸福就会荡然无存了。

于是，我对女友说，与其对"嫁得好"的女人羡慕、嫉妒、恨，不如给自己的头脑充值，把学习当成一种习惯，不断提高自身素质，让自己成为男人仰慕的女人。男人好色也好德，红颜终会淡去，内涵才是吸引男人的最大魅力，当你面对任何情况都可以坦然面对、应付自如时，那份骨子里发散出来的自信与淡然，也就成了别人眼中一道幸福的风景。

幸福的门铃声

原来一直不喜欢门铃的"吱吱"声,说不上为什么,总感觉不如用手轻叩门板的声音来得亲切。

有段时间,在家做自由撰稿人,差不多每天下午5点左右,投递员都会按响我家门铃,不用说,不是稿费单就是挂号信,再不就是朋友寄来的书或样报,原本催命一样吓人一跳的门铃声也变得悦耳起来。

不知从什么时候起,门铃沉默的日子,竟然变得有些期待。可见,一样东西喜欢与否,关键是看它给人带来什么,能否让人联想到愉快。

有一天,老公从网上淘了一只智能门铃,货到后,连夜调试安装。次日下午,我刚从电脑桌前站起来,准备到厨房做晚饭,耳边突然传来老公亲切的声音:"宝贝,快开门,我回来了!"我惊喜万分,快步去给老公开门。

"宝贝"是老公对我的昵称,在我们俩的私密时间使用频率最高,光天化日之下老公大呼小叫地喊我"宝贝",只有两种情况:一是他心情不错,二是他有喜事要告诉我。

"亲爱的,我来了!"我的话音刚落,门打开了,门外站着一脸窘相的投递员。我的脸"唰"一下红了,尴尬地接过他递给我的投递单,签好名,递给他,赧然一笑,各自转身。

关上房门，我恨恨地盯了一眼那只门铃，心想，这是啥破智能门铃，如果让别人听到，误会传出去，我的脸还往哪儿搁？

老公回来听我一说，笑得前仰后合，原来门铃的铃声可以根据来客身份，分门别类设置若干种，前晚因为时间关系，他只设置了一种声音。

后来我有了新工作，不再居家当宅女，便极少有机会听到门铃"调情"了。只是那些给我带来好心情的门铃声，时常萦绕在脑海，成为一段岁月的幸福记忆。

最好的年龄

儿子不到两岁就送幼儿园了，幼儿园放学早，所以每天下午我都会接他到我的办公室去待一个小时左右，然后才带他回家。

当时我们办公室共有四人，我是头，所以只要儿子到了办公室自然会有同事去逗他玩。儿子从小活泼好动，他一会儿爬上办公桌摆弄上面的办公用品，一会儿钻到桌子底下玩捉迷藏，一会儿跑到院子里追赶落在地上的麻雀……一刻都不消停。每当他"咯咯咯"笑个不停时，同事会感慨地说："真是个好年龄，想玩就玩，无忧无虑多么快乐！"

儿子有次听到了却说："三岁不好，我想跟大伟哥哥一样开着汽车呜呜跑……"大伟是单位的班车司机。然后同事会逗儿子："你妈官大还是大伟官大？校长官大还是司机官大？""大伟！"我们会"哈哈"大笑一通，儿子表达虽不完整，但在他心里司机是最大的官，最好的年龄是像大伟那样大。

想起自己小时候，那时大约有十岁左右吧。每年清明爸爸都会在院子里用五根木棍树起一架小小的秋千，那架秋千差不多要一个月的时间才会撤掉。姐姐极少跟我们一起荡秋千，因为爸爸给她买了高跟鞋，她舍不得脱掉尽情地玩，只是偶尔在我们面前站着看看，然后就"咔嗒咔嗒"地走了。那时自己玩得开心之余就想，我要十八岁就好了，可以有自己的高跟鞋而不必在姐姐睡着后偷偷穿上她的高跟鞋走来走去臭美了。而母亲却说你现在是最好的年龄，除了上学没有别的压力。我总是不以为然，幻想着像姐姐那样穿着高跟鞋昂首挺胸地走来走去。

十八岁那年，我结束了在校学生生涯，有了自己梦寐以求的高跟鞋，像所有青春少女一样也有许多七彩斑斓的梦想，而那些梦想并不是想想就会变成现实的。所以，我穿上了高跟鞋也没有像印象中的姐姐那样快乐。

接下来结婚生子，日子过得一天紧似一天，一天快似一天，转眼人到中年。

东苑公园是市区一处园林景观，位于老市府西侧，市老年大学就坐落在其中。里面有假山、水池、各种各样的花草树木及一座高高的鸽子塔，白色的鸽子常常飞到游人手上、肩上找寻食物。每次路过东苑公园我会羡慕那里的老人们，他们或跳舞或下棋或舞剑或钓鱼或打太极，看到他们个个充满活力而悠闲的身影，真想自己快些退休，不用上班，有退休金可以安享晚年。

有次跟单位上的人说起这个愿望，有位老者说："你现在是最好的年龄，年富力强。真羡慕你！"说完老者长叹了一口气。

是啊！对生命来说，有最好的年龄吗？多大才是最好的年龄呢？其实人生的每个阶段只要活出那份自信，活出情趣，活出对生活的热情，活出每个年龄段的风采，我相信，这就是最好的年龄，不是吗？

摔碎了的影子

整理手提包,里面的化妆镜掉在地板上。那面小镜子是一套化妆品的赠品,手心般大,镜片非常薄,非常清晰,折叠式,像台微型笔记本电脑。

因为镜片太薄,从我手心到地面不过一米的距离,它却摔得粉碎。片片碎片像满天的星星一闪一闪争相辉映,我蹲下身子想收拾一下,却惊异地发现大大小小的碎片中到处都有我的影子!有的照出半边脸,有的照出一段胳膊,有的照出一角衣袖……正面的、侧面的……像来自各个方位不同角度的目光,数也数不清。那些影子随着我的移动不断变化,遗憾的是没有一个影子是完整的我。

那么镜子眼中的我是不是与瞎子摸到的大象一样呢?哪只影子是我呢?哪只影子又不是我呢?渐渐的连我自己都有些迷糊,到处是我的影子啊!真实的我的写照,却没有一片是完整地呈现出自己的全貌。

可以肯定地说,朋友圈就是一面摔碎了的镜子!这不正是众网友眼中的铃兰吗?是又不是,非是非呵!真实却不完美。铃兰在哪儿?那一地破镜片里,亲爱的朋友,您是否看到了所有的全部的那些破玻璃碴呢?即便是看到了,那是真实的铃兰吗?

其实,无论赞美与菲薄,无论理解与误会,无论主观与客观,无论有心与无意,铃兰都不想让那些破碎的玻璃片划伤别人,真的！我知道，自己只是时间流水里的漂泊物，只是时光隧道里的一粒微尘。都会过去，一切都会过去的，但愿那过去了的能成为心中永远的怀念！

　　面对现实，面对转瞬即逝的时光，铃兰的空间真诚欢迎您的到来！您的到来让我幻想着那种灿烂的辉光，谢谢大家！铃兰要做的只是对着镜子微笑一下，将微不足道的阳光洒向网络家园，也许这才是铃兰的真实话语，心中祈盼朋友们永远幸福快乐！

从头开始的勇气

朋友发来短信说:"没想到你会把博客关了!你有那么高的点击率,有那么多喜欢你的博友,有那么旺的人气,如何舍得?"

我当即把电话回拨过去,说,舍得,也不舍得。舍得的是博客本身。不舍得的是朋友的友情。但想到,没有博客,博友中的好朋友还可以通过QQ,通过电话、短信继续让我们的友情向前延伸,点击率在我眼里只是一串数字,没有任何意义。人气,只要真诚地付出,总会得到回报。

完了,我们又聊到博客中的虚假性、杂乱性,博客中的抄袭行为、市侩行为……说真的,我和这位朋友开博都没有任何功利性,只想博着自己的心情,调剂一下自己的生活,在报刊发表文字也是无心插柳。不像有些目的性很强的人在博客上先给自己挂上许多头衔,作品如何先不说,炒作出名便达到了目的。正因为我们太真实,随着越来越多的熟人知道自己的博客时,连自己的心情也不能随心所欲地表达了。真的很无奈,我们毕竟生活在现实中,不能像透明人一样过着网络上的日子。当博客不能怡心怡情怡性时,再继续下去就是一种负担。说得友人直说是。

放下电话,揣摩着。别说朋友惊讶,我都佩服自己这种一切从头开始的勇气。前阵子朋友公司搞活动,我去帮了一阵忙。活动还未结束,朋友就发话说不让我走了。如果我不行,朋友也不会留我的。结果权衡再三,还是向他递出辞呈。

第一次他以活动未结束为由断然拒绝。第二次说,他说这里少一个管家,我正合适。第三次,大概看我去意已决,不无遗憾地点了点头。如果从前职场的变故有不得已的地方,那么这次我是自己的主人,我不会因贪图安逸而放弃自己的梦想。

是的,我是有梦想的人。我的梦想就是成为一个专业写作者,哪怕稿费低得连农民工都用怜悯的眼光看我,哪怕挣的钱不如打工多也无所谓。它是我的一个梦想,一个希望。年少时没有成功的事情,中年了我要努力,如果没有经过努力便放弃了,那么我的老年会在抱憾中度过,那样我是不会快乐的。

水有源,故其流不穷;木有根,故其生不穷;人有志,故其勇不穷。人只要有从头开始的勇气与信心,一定会活得有活力、有朝气,生活一定会丰富多彩的!

真正的强大

两年前,表姐下岗了。既没学历又没背景的表姐,没有急于另找单位上班,而是迷上了写作。

居家的日子,除了写作,她承担了所有家务,甚至成了家族的"补丁"——弟媳的超市缺人她是无薪营业员;表嫂住院手术,她是义务护理员;一家人周末去父母那儿聚会,在厨房洗菜做饭的必是表姐……表姐俨然成了全家人的"及时雨"。

不能创造直接经济效益的表姐也有尴尬时刻,也许是怕她为难,逢年过节,亲戚之间的礼物飞来飞去,没有一件落在她的手里。除了父母,表姐也没有给任何人送礼物。她并不介意这些,依然在厨房忙碌着。我看不过眼,想提醒在客厅说说笑笑的亲戚去帮帮表姐,被她制止了。表姐说,上班的人都盼周末,让他们轻松一下吧!

我劝表姐赶紧找份工作,至少要养活自己,并说她具备成功的条件。表姐笑笑说:"你姐夫都不嫌我,你担心什么?什么是成功?有钱有权就算成功吗?内心活得充实、平和才是真正的成功。再说,我的储蓄还够生活几年,在力所能及的情况下,人应该为自己喜欢的事做些努力。我喜欢写作,就想用稿费养活自己,愿望能否实现并不重要,重要的是我必须去做!"表姐的话让我吃了一惊,原来她一直在默默地为自己的理想而努力!

今年春节期间,表姐悄悄告诉我,她一个月的稿费有一千多元,够吃饭了，还出了一本书，而且销量还很可观。原来冷落她的亲戚重新聚拢过来，一个个用羡慕的眼神看着表姐，说着恭维她的话，争着要表姐的书，抢着给她送礼物……表姐一一谢绝，依然去厨房忙碌着，谁来替她都不出去。我不解，问她何不给她们书，成绩为何不摆给大家看？

表姐笑了："书是看的，不是给人拿去炫耀的。我还是原来的我，他们也没有错，每个人的价值观与人生观不同，我不会用别人的标准丈量自己。"

表姐那副宠辱不惊的安宁，让人顿时感受到什么是震撼人心的真正的强大！

新好女人

在朋友空间看到新好女人标准:"好女人:有丈夫有情人;坏女人:只有情人没有丈夫;堕落女人:没情人没丈夫,但有男人;孤独女人:只有丈夫。"我随手转发至微博并调侃如下:"这样看来,铃兰真是个可怜的孤独女,俺就想,谁来成全俺做个好女人呢?"

没想到此微博一发,引来众多网友纷纷留言,有的抱有同病相怜之感,说:自己都快奔五了,还是可怜的笨女人,真是汗颜;有的说:自己聪慧善良,与世无争,虽不漂亮,但很温柔,以为这样才是好女人;有的说:这样的好女人不当也罢;有的说:简直胡扯,好女人就是有一个老公,踏踏实实过日子,不惹事,不闹事……

那段新好女人的标准自然是茶余饭后的笑谈,不足为信,然而,它折射出的却是当今社会部分女性的生活状况。古时女人足不出户,没有接触外界的机会与契机,只能专心在家相夫教子,注定会把"贤妻良母"作为好女人的标准与信念。如今男女平等,共同担负着社会与家庭的义务与责任,谁有能力谁就多承担一些也是有的,你很难界定一个在职场忙得脚不沾地的女人与一个安心战斗在厨房的女人谁比谁更幸福。因为一个家庭的和谐离不了男女双方共同的努力,合理分工合作,随遇而安就是最好的姿态。

新好女人必定与时俱进,懂得不断学习装备自己,不求成为某方面的专家,但提起某个话题多少知道一些,一定不会说些鸡同鸭讲的混话。

新好女人必心地善良，时时处处将母性的柔美与温情释放出来，让人感觉如沐春风。

新好女人或以家庭为重心，或以事业为重心，因社会赋予她的角色而异。但她只要把家放在心上，把家人放在心上，守信守忠，有空就陪伴他们，仍不失为好女人。

好女人必定是懂爱的女人，对老人会像对待孩子一样悉心，尊重他们的传统而又不盲从；对孩子像对待朋友一样，给他自由发挥的空间，关键时刻又会毫不犹豫地伸出援手；对爱人像对伙伴一样，无论身处何种境地，都不离不弃，坚守同进退共患难的信念；作为职员，她与同事团结协作，荣誉面前不争不抢，工作面前不推不诿，尽心尽力，安静淡然。

新好女人的定义是广泛的，或温柔或贤良，或勤劳或正直……总有一些共性的东西成为新好女人永恒的定义。好女人的标准在每个人的心里，能说出来的都是片面的。

萝卜女还是人参女

上班闲聊，对桌同事看着我水杯里泡着的人参片，不无感慨地说："别老把自己当宝，即使你是棵人参，出土时也要扮成萝卜的样子，否则只能孤独到满身褶皱。"闻听此言，我不以为然地反驳她说："俺偏不，即使俺是根萝卜也要端着人参的范，自己都不珍爱自己，谁还拿你当菜呢？"于是，一场关于女人应该成为"萝卜女"还是"人参女"的争论在我俩之间展开。

"萝卜女"，顾名思义就是外表无修无饰红红白白、内心晶莹剔透水水灵灵而又饱满世俗的大萝卜，即使是花心萝卜外表也绝不张扬，也只是心有涟漪，暗里妖娆。"萝卜女"美在自然，她怕老，怕长皱纹，怕被冷落成空心，怕被装在盒子里孤独到寂寥。宁可一大盘放桌上被人当作食物吃掉，也不愿孤零零一枝独秀被人供奉为上宾，她不会被动地窝在角落，绝无"待到无花空折枝"的遗憾。

"人参女"则是指女人中的精品，自身含金量高，对他人的助力强大，对人的适宜性十分挑剔。"人参女"的素质高雅、性情高洁、交际原则不具有普众性，不喜随波逐流，要"对症"才能释放出她的巨大能量，发挥出她的应有作用。

其实无论作为"萝卜女"还是"人参女"，都不过是女人一生中个体生命的常态，并不是你想成为什么样的人就能实现的，关键是懂得随遇而安，顺其自然就好。无论你要成为哪种女人，都必须给自己确定一个目标并为之而努力，或许一年，或许两年，或许需要更长一段时间，你会发现，你越来越像你最初向往的女人样了。

　　我希望自己是棵有着人参范的萝卜，有着人参的高贵品质，也有着萝卜的鲜活思维与灵魂，那样，无论在外人眼里是"萝卜女"还是"人参女"，我只是展示着我自己的本来面目：守静、向光，安然到老。

经营好自己的名片

名字,就是一个人的名片。譬如:提起姚明,让人想到篮球;提起莫言,人们就会想到诺贝尔文学奖一样。名字这张名片,与我们素日的言行举止紧密相连。

世界上没有完全相同的两片叶子,也没有完全相同的两个人。每个人都是独一无二的,生命的意义就在于奉献与超越,没有重复,没有彩排,除了勇往直前,别无选择。

有的人无论走到哪里都讨人喜欢;有的人却时时处处惹人厌烦;还有的人,虽未曾谋面,但一听到他的名字,我们就能如数家珍,道出他的种种……这些皆是我们素日的言行被人口口相传的结果,与我们的名声与气场有关。

行走在世上,在不知不觉中,身上已被打上某种色彩的烙印,构成我们的人生名片。这些烙印不是固定不变的,每前行一步,都会在自己的人生名片上添上一笔或浓或淡或彩或墨的色彩,所以,我们的世界才多姿多彩,人生名片更是异彩纷呈,内容各不相同。

名片上的简历,是由我们的行动与别人的评价共同组成的,只要刻上一笔,终生都会伴随着你。擦不掉,也很难改变。我们只有做最好的自己,才能不断超越自我,让自己的名字绚丽多姿。

每一个人都有自己的特长和潜质,人生在世,最重要的是做个值得别人交往的人。无论做什么,找到事情本身的精神意义之所在,才能不断提升生命的质量。

人都是逼出来的，在没有经历之前，你永远不知道自己的潜能究竟有多大。《没有金刚钻，干好瓷器活》告诉我们，大大小小的经历沉淀并升华为阅历，阅历运用得好是一种财富，运用得不好只是一种经历，如何运用是一门学问。《好马照吃回头草》则告诉我们，在选择面前，懂得取舍和分辨，才能留下令自己增值的精华。没有取舍的人生只能一片狼藉，名片必然被涂抹得乱七八糟。

　　社会的发展需要不同层面的人才，你掌握的技能越多越精深，竞争力就越强。无论哪个行业，决定一个人是不是高手的根本因素都不是技术，技术到了一定水平，大家都是一样的，能分出高下的是人心：爱心、信心、责任心。只有做个有心人，我们的名片才会有灵性。

　　许多事情，总是在经历之后才明白，譬如幸福，譬如爱情。幸福是一种感觉，是一种态度，是以积极向上的姿态进取，而又顺其自然的淡定与从容。幸福与金钱、荣誉、地位无关，只要有颗平常心，平凡的日子里，那些不经意的瞬间，便是构成我们幸福的要素。

　　爱情则是男人与女人之间彼此信任、尊重、依赖、关怀等最高形式的情感。"情"的魅力就在于它可遇不可求，可求不可等，是金钱也买不到的奢侈品。我们的人生名片，因为情感的投入而变得生动鲜活起来。

　　名字，是需要一生来经营的名片。当我们踏入社会，一定要给自己定好位，制定一个目标：你准备在自己的人生名片上留下什么？怎样书写你人生的第一张名片？为了写好这张名片，又该如何去做？

　　也许有人会说，我还年轻，有的是机会。事实上，一个人的处世态度，将会影响到自己的将来，甚至一生。因为，即使你走到天涯，别人在与你合作之前，都会先打听你的为人，而我们的人生名片，早已真实地记录下了自己的人生轨迹。

　　经营好自己的名片，就是经营好自己的人生，这是女人成为魅力女人必需的修炼。

珍惜时间上的花朵

"假如鸟儿是树上的花朵,那么生命就是时间之上的花朵。"最初看到这句话时,我的内心像被什么猛烈撞击了一下,不由得一怔。人生如花,相对于整个生命过程来讲,花开的季节是多么短暂!它却是岁月长河中最美妙的音符。没有花开的春天是寂寞的,开在时间之上的花朵是脆弱的,它需要我们时时呵护,即使凋零,留给尘世的记忆也是甜美的。

前几天,在网上看到一则消息,有位女孩子因为恋人的背叛而跳楼自杀,惋惜之余更为她的轻生而悲叹。一段爱情结束,并不等于爱与被爱的权利消失,而人的生命只有一次,一个如此看轻生命的女孩,她的爱情分量会有多重呢?想到这里,对她的轻生顿然充满了愤懑。

战地记者闾丘露薇在她的《行走中的玫瑰》一书中写道:在喀布尔,她看到被炸弹炸毁的墙角下,一位老人正在享受下午的阳光,他手里还拿着一朵红色的玫瑰花,不时闻一闻花的香味……那情景深深地印在脑海中,并一直感动着她。战火纷飞、生离死别,在那位老人的眼里是那样微不足道,没有什么比他享受阳光、欣赏玫瑰更重要的了。

金融危机之后,很多人的生存压力、挫折感增大,快乐指数在下降。偶尔会听到某某老板跳楼,以结束生命的形式逃避现实。但是，有什么困难能与生命相提并论呢？

　　人生路漫漫，难免会遇到大大小小的灾难。灾难面前，流泪、悲伤、畏缩不前于事无补，只会使灾难变得更加沉重。唯有临危不惧、勇敢面对才是对生命最真诚的尊重。正如春夏秋冬四季轮回，花开花落，人的一生摆脱不了苦乐忧欢的纠缠。也许如实悦纳生命过程中的所有幸与不幸，努力提升自身品味，活出生命的价值，才是对生命之花最好的呵护。

　　在波斯尼亚，那里的人们起床后第一件事是相互亲吻，祝贺大家还活着。那些普通人，在我们悲悯的目光中，快乐地庆生，用一点点幽默感和解脱感，认真地活着，快乐地活着。对于世间的辛酸与烦扰，我们还有什么可抱怨的呢？

　　当看到清晨的第一缕阳光，当感受到一缕风的轻拂，当看到蔚蓝的天空下有一只鸟儿飞过，请感谢大自然赐予我们的种种美好吧！因为，珍惜生命，也是一种美德。

没有金刚钻，干好瓷器活

俗话说："没有金刚钻，不揽瓷器活。"事实上，有没有"金刚钻"不重要，重要的是你必须把"瓷器活"干好，否则很难在职场立足。

那一年我在一私立学校工作，学校实行封闭式、寄宿制管理，我任导育处主任一职。导育处相当于公立学校的后勤处，我的职责是负责近两千名在校生的食宿和班车接送工作。顶头上司是副校长朱丽红，我们年龄相仿，个性也有些相似，都非常要强。别看她只是副校长，实际上是学校的"宰相"。

职场的人际关系是微妙的，有时即使出发点一致，就因为工作方法不同，也可能导致同事之间有分歧或矛盾。那时年轻气盛，总感觉只要做好本职工作就行了，对那些靠巴结和讨好上司攀升的人既不屑又不齿，很有些藐视权贵的意味。所以，不止一人说我清高。

有一天，体育组组长给我送来一份"关于早操比赛的通知"，我一下子愣了，学生早操向来是由教导处分管，而那份通知的落款署名却是导育处。之前，压根就没人跟我商量。体育组长说是朱副校长的意思，我顿时明白，这是她给我出的一道难题。

作为后勤主任组织学生早操比赛，实在有些困难。一则，要想组织学生活动，没有班主任的配合是很困难的，而班主任的管理权在朱丽红手上。二则，学生的作息时间及课程安排是由教导处负责，正是中考前期，如果教导处以上课为由，不给学生排练的时间，那所谓的早操比赛能不能顺利进行都是未知数。越职、越权组织这样一次活动，是对我不小的挑战。

我一生气，跑到一把手老校长那里，本想理论一番，谁知老校长正手持那份"通知"在看，见我进去，说："小马，你组织的这个活动很好，我也感觉学生早操是个薄弱环节，借此促进一下不错。"

我一听，愣了片刻，硬是把到嘴边的话咽了回去。老校长凡事重结果不重过程，如果我说事先不知此事，岂不显得工作太被动吗？于是，我微笑着说："校长请放心，我一定会圆满完成任务！"

回到办公室，我开始拟定具体实施方案，只有两周的时间，除去周末，总共还不到十天。时间紧，容不得我多想。

我通过私人关系从部队请来教官，负责给学生军训。而后给每位班主任下发一份通知，特别提醒他们，这次早操比赛成绩将作为班主任考评的一项依据。班主任的考评工作本是朱丽红的职责，既然她不按常理出牌，我也顾不得那么多了。结果若不列入考评项目，相信班主任也怪不到我头上。

这下班主任们急了，课外活动时间没有一个留学生在教室上课，全部和学生一起到操场训练。

半个月后，当我拿着话筒宣布早操比赛圆满结束时，老校长第一个站起来鼓掌祝贺，朱丽红也微笑着向我伸出大拇指，我突然感觉她好可爱，如果不是她，我永远不知道自己还有这样的组织能力。

后来，在一次酒桌上，我再次拒绝上司劝酒，老校长脱口而出："朱校长，你再给小马安排一次早操比赛之类的活动！看这个刺头还有啥能耐！"我恍然大悟，原来一切都是老校长为杀我的锐气而设的局，如果那次他安排的剧情我演砸了，他还会对我又爱又怕吗？

竞争与压力无处不在，命运就操纵在自己手里，能帮助你的，只有你自己。把眼前要做的事做好，是应对危机的基础，干好"瓷器活"，发挥别人替代不了的作用才能在职场立于不败之地。

"空杯"以对

人到中年,其实挺尴尬的。刚刚到了一个新单位,打眼一看,周围全是80后甚至90后的年轻人,不想当大妈都难。最难为情的是一个"新老人",为了适应工作需求,必须向这些年轻人请教。叫老师?实在难为他们,那些年轻人看着自己一脸的沧桑,窘得连连摆手。直呼其名?从小接受孔孟之道的仁爱教育,又感觉这是对老师的大不敬。虽然努力表现出自己不介意叫他们老师的姿态,以示自己是谦虚好学的好学生,仍然不能让他们坦然接受。这样的尴尬直接导致自己无法准确给自己定位。

前不久,参加报社组织的职场培训,老师的讲解如醍醐灌顶,受益匪浅。通过培训,我终于找到了自己的位置——在这个全新的团队中,我只是一只"空杯子",在这里,除了虚心学习专业知识之外,当然还要尽自己所能,发挥自己的潜能,让这只"空杯子"尽快填满,发挥出一只杯子应有的职能。

"空杯子"是一种定位。当我把自己当成一只空杯子的时候,我就想,该给这只杯子添加些什么,好使它不再一无是处。好在社会阅历还是帮了自己,让我很快就发觉自己的不足之处,找到自己最欠缺的地方。努力固然重要,方向比努力更加重要,因为如果方向错了,无异于南辕北辙,越是努力离目标越远。

"空杯子"是一种度量。作为一只杯子,它最大的价值就体现在它完全空了的时候，因为这个时候，它可以装任何东西，没有做不到，只有想不到，一切皆有可能。这时，它会有容百川的雄心与壮志，有纳万水的理想与追求，最能激励它以积极向上的心态不断进取。我想，这也是我此刻的心情吧。

"空杯子"是一种态度。我是一只"空杯子"，就要把原来所盛的东西完全放下，即使一无所有，所以，任何意见与建议我都会接受。当然，这个过程中，可能有一些自己并不喜欢的东西出现，或者掺杂在其他东西中倒入杯中，我想，我迟早会做出准确的判断，过滤掉一些对工作不利的沉渣，让这只"空杯子"所盛的东西越来越成为工作的必需。总有一天，这只"空杯子"会成为大家喜欢的"满杯子"，那个时候，无论谁随意端起来一倒，总会倒出自己所需要的东西。

其实任何人，都可以随时做只"空杯子"，把过去放下，才能装得下现在，活在当下，你的未来才有根基。时时更新的空杯子，才是鲜活的，才能将其价值发挥到极致。

一生做好一件事

台湾十日游归来,日月潭的绮丽风情、阿里山的钟灵毓秀给我留下了深刻的印象。据导游讲,台湾还有一个名字叫"福尔摩沙",是根据葡萄牙语"Formosa"音译而来的,意思是"美丽(之岛)",这名字非常贴切,台湾的确是名副其实的美丽之岛。

除了令人迷醉的景色,还有一样东西让我念念不忘,那就是台湾的茶焗蛋。我们的船在著名的"青龙戏珠"宝地——玄光寺停靠前,导游特意告诉我们,等会儿船靠岸别忘了买几颗茶蛋尝尝,说错过了就是终身遗憾。我不由得心生好奇,不就是一颗小小的茶蛋吗?怎么就值得导游如此推荐?

下了船,没走多远,立刻闻到了淡淡的茶香蛋香。一阵风过后,诱人的茶蛋香一缕一缕浮鼻而过,立刻唤醒了我们肚子里的馋虫。还没等导游发话,大家都已朝排着长队的茶蛋摊位走去。及至跟前,只见满满一锅茶鸡蛋挤在飘浮在锅面上的香菇中间,鸡蛋皮呈淡褐色,蛋壳上面布满细密的缝隙,透过这些缝隙,可以想象,鸡蛋正努力吸吮着锅里的汤汁。锅里还有一些叫不上名字的配料,光看这些货真价实的配料,就与我们常见的茶蛋不同了。

我们这里的茶蛋只用茶叶、酱油、葱、姜、八角做配料,煮出来的茶蛋是黑褐色的,口感除了咸就是硬。而台湾茶蛋却不同,剥开蛋皮,里面蛋清是白色的,味香浓郁,咬一口,唇齿留香,富有弹性。我终于明白，导游说的不是虚话。

卖茶蛋的阿嬷非常健谈，据导游讲，她一生只做了一件事，就是卖茶蛋，而且一卖就是几十年，当年的大姑娘如今早已熬成了婆。阿嬷几十年如一日用心烹制，终于将一颗颗普普通通的鸡蛋，制成了台湾久负盛名的茶焗蛋。果真应了那句老话："坚持做同一件事，哪怕是最简单的事，每天重复，日积月累，就会发生奇迹！"

一个人，一辈子，一门心思只做一件事，并不是所有人都能够做到的。正是这位台湾老奶奶几十年如一日的重复劳作，才烹制出这样独具风味的茶蛋，给不计其数的游客留下了美好的回忆，她的精神如同她的茶蛋一样芬芳，淡香远溢，盛名远扬。

"方向性"错误

看《动物世界》,画面上是浩瀚的大草原,一群狼正在追击一群麋鹿,其中一只麋鹿年老体迈,一直跟在鹿群后面,体力明显不支,显得疲惫不堪。人们不由得暗暗替它捏一把汗,心想,也许这只可怜的麋鹿很快会成为狼嘴里的美餐了。

前面是一个坡,鹿群在头鹿的带领下迅速向右转弯,继续狂奔逃命。就在这时,一只年轻的小鹿不知为何向左转弯跑去,等它发现方向错了,再折回来追赶鹿群时,已有两匹狼阻挡在中间,它左突右冲没有冲出那两只狼的阻挡,冷不丁被其中一只狼咬住了脖颈,其他狼闻到血腥味马上包抄过来,瞬间,这只年轻的小鹿被饥饿的狼群吞食,不一会儿,地上便只剩下几截白骨和一摊殷红的血迹……

我的心一阵抽紧,为这只年轻的小鹿惋惜。对于它来讲,丢掉性命的或许不是体力,而是方向的选择。

现在生活中,犯"方向性"错误的人不在少数。两个人在一个公司上班,难免存在竞争,如果把精力用在提高业务素质方面是明智的,如果把精力用于攻击或诋毁对方,借以抬高自己,那就是犯了"方向性"错误。抬高自己最有效的办法不是打压对方,而是通过努力增强竞争能力,提升自身价值。

"方向性"错误古已有之,最有名的当数"南辕北辙",正确地选择方向,是节省时间,提高效率的基础。方向错了,或许绕若干弯路之后，还有可能到达目的地，但会浪费许多时间与精力。方向错了，有时不但无法到达目的地，还有可能离目的地越来越远。

"方向性"错误是一种盲目的付出，就像一只蜜蜂，误把玻璃窗当作出口，玻璃窗的明亮诱惑着它不停地撞击、碰壁，再撞击、再碰壁……屡战屡败，直至晕头转向，彻底失去信心。人们对于这种盲目的努力，或嘲讽，或悲悯，或怜惜，可是，人生的选择，有多少努力是方向性错误？有多少人分不清目标与诱惑的区别呢？

路在脚下，我们在抬腿迈出第一步之前，不妨花点心思，根据自身条件先确定好方向，只有找准方向，才能少走弯路，更快地到达理想彼岸。

找对位置,让平凡的人生不平凡

人生在世,都有自己的位置:高与低,大与小,平庸与非凡……归类的标准就是各自的内心。有的人,定位准确,他便在适合自己的空间如鱼得水;有的人,总是高估自己,便屡屡受挫,又执迷不悟;还有的人,总是对自己没有信心,分明有能力有条件做好某件事,却犹犹豫豫,坐失良机。

朋友小雪原来在一家企业做内刊编辑,主要职责以宣传推介本单位为主,编发公司新闻动态和一些内部职工的来稿,一干就是数年。从小喜欢舞文弄墨的她,最大的愿望是做一名真正的编辑,比如在报社或杂志社,编发来自全国各地作者的文学稿件。前段时间她看到一则招聘启事,某机关报招聘文字编辑,她毫不犹豫地去报了名。笔试、面试顺利通过,她喜出望外,连想都没想就直接辞去原来的工作,投奔这家报社。

来到这里才知道,此报社虽然名气很大,工作性质却与她原来想象的大相径庭。她每天要到各企事业单位组织材料,说服这些单位的老总赞助一部分版面费,说白了就跟业务员差不多。

生情喜静的她感觉越来越吃力,渐渐变得忧郁起来,她后悔那么轻易就放弃了一份适合自己的工作,但已晚矣。现在,她每天都在查看招聘启事,但真正适合自己的岗位又有多少呢?接连换了几个单位后,小雪最终找到了一个适合自己而又相对满意的工作。

像小雪这样的例子还有很多，在人生旅途中，因为找不对位置而茫然，甚至失去方向。

当然，人的位置是可以改变的，有些改变是刻意的，而有些则是日积月累，水到渠成的结果。若想改变位置，一定要给自己设定一系列的目标，比如短期、中期或长期，稳中求变，步步靠近。还要学会坚持，只有那些目标明确，不左顾右盼，不犹豫，时刻努力为之做好准备的人，才有可能到达理想彼岸。

没有位置不可怕，可怕的是没有规划。对于人生没有规划的人，很难有更快的进步，因为他永远不知道下一个路口在哪里，只能在庸庸碌碌中，稀里糊涂地走完自己的旅途。找对位置，确立方向并为之付出，平凡的人生才会变得不平凡起来。

有梦不怕路途远

闫锡宝自2000年开始创业，2004年创办公司，短短6年间，就完成了从一位小商贩到山东半岛最大IT运营商的华美变身。成为致力于最高性价比产品的推广和销售，行业业绩卓著的杰出人物。被推举担任"生命之友"俱乐部常务理事、"香港圣者之家"俱乐部会长，与其他有志之士一起，相携成长，为创造一个"和谐、友爱、付出、共赢"的世界而努力。他的成功，给今天的我们能带来什么样的启示呢？

闫锡宝出生于山东安丘一个普普通通的农民家庭，他的身上继承了中国农民勤劳、朴实、忠厚、善良的优良品质，初中毕业后，他来到巨力公司上班，在车间当了一名流水线职工。

闫锡宝勤于思考，善于发现问题。一个偶然的机会，他算了一笔账，那时他的月薪是1500元，买一套100平方米的房子大约需要30万元。若想买房子，他就要不吃不喝工作20年，这个结果让他大吃一惊。闫锡宝开始思考有没有更近的路，可以尽快达到自己的目标。经过慎重考虑，他决定辞职，自主创业。

2000年，他辞去公职，从亲戚朋友那里东拼西凑，借到2万余元，到小商品城租了一个摊位，经营电子产品，成了一个小商贩。

像所有创业者一样，闫锡宝也吃过很多苦，受过许多累，风风雨雨，拼命工作，一年到头没有节假日。天道酬勤，由于闫锡宝坚持

"诚信为本"的经营宗旨，始终以"客户需求"为导向，把客户利益放在第一位，因此，他的生意做得红红火火，很快完成了最初的资本积累。

2004年，闫锡宝迎来他具有划时代意义的一年。这一年，他拥有了自己梦寐以求的房子，注册成立了潍坊世纪通用经贸有限公司，并按照实际情况，给公司制定了短期、中期、长期的发展目标。目标是一个企业的定向，对于企业的长远发展至关重要。

著名的汽车制造商福特曾有个典故："如果我当年去问顾客他们想要什么，他们肯定会告诉我'一匹更快的马！'"当人们想要一匹更快的马的时候，福特造出了一辆汽车。

很多时候，我们迷失在执行上而忽略了真相，做事之前首先问自己：目标是什么？人们说"我要一匹更快的马"，很多人听到了这个"需求"，冲进马场去选马配种。而福特却用另外的方式满足了人们的需求。更快的马跑得更快，可以节约在路上的时间，这才是人们真正需要的。

目标不明确，对一个企业的危害是巨大的。有这样一种说法：没有目标而失败的人远远多过没有才能而失败的人。所以理清目标非常重要，它是其他行动的基础，也是避免南辕北辙、节约资源的有效方法。

闫锡宝深谙此道，所以，他每做一件事都会给自己制定一个或多个目标。有计划、有组织、有措施，准确定位，稳步前行，这也是闫锡宝在2009年金融危机大潮中，仍然大步向前快速发展的一个重要因素之一。

人生在世，以诚为本，以信而立，诚信是一个企业发展的前提。凡是与闫锡宝打过交道的人，都说他是特别讲诚信的人。他的"诚信名片"不是与生俱有的，而是他在与别人打交道的过程当中，一点一滴积累起来的。

有一年，有位客户与他签订了一批小家电购货合同，客户要求可以在任意时间提货。因为当时小家电市场处于低迷状态，闫锡宝想都没想就同意了。结果，半年后，那位客户才来提货，他所订购的小家电早已提价了，闫锡宝仍然按照合同执行，一次便赔了数十万元。"诚信就是一个得失问题！"这笔买卖，他亏的是金钱，赢得的却是最最宝贵的信誉。

了解闫锡宝的人都知道，他以前工作起来很投入，非常拼命。因为忙，他不是父母眼里的好儿子；因为忙，他不是妻子眼里的好丈夫；因为忙，他不是孩子眼里的好父亲。忙带给他的只有金钱，但这些都是他以健康为代价换来的。

顿悟后的闫锡宝决定改变工作方法，将更多的权力下放，充分信任自己的员工，从内心尊重、关心他们的成长，让他们实现自我管理。他说，如果一个企业的领导者将员工当作工具，那么员工也会将他当作工具。因此，闫锡宝又有了新的目标，那就是"做一个成功背后的人"，工作让员工去做，钱让员工去挣，让员工真正成为公司日常管理的主角。他虽然付出了权力和金钱，却从忙忙碌碌的状态脱离出来，赢得了健康和时间。"天高任鸟飞，海阔凭鱼跃。"闫锡宝为员工提供了一个充分展示自己的平台，极大地激发了员工的工作热情。

"人必须要有梦想，有梦才能伟大。"这是闫锡宝经常挂在嘴边的一句话。他看到当前许多大学生毕业后，找不到工作，整日无所事事，迷茫混沌，内心非常着急。他认为，那是因为他们心中没有目标的缘故。他在公司专门针对这部分年轻人，开设了"人生规划"课程，指导和帮助那些想创业却又无从下手的年轻人。他说：只要找到路，不怕路途远！

第四辑

亲情阳光：最近的人，最真的情

亲情是一缕温暖的阳光，照亮我们的生命，照亮前行的道路……

拥 抱

这次期中考试，儿子又考得不错，我张开双臂给了他一个大大的拥抱。儿子嗲声嗲气地喊着："妈咪妈咪……"紧紧地环着我的腰，直到我说："好了，好了，勒断腰了……"他才心满意足地松开手，开始滔滔不绝地讲班里发生的趣事。

儿子今年十一岁，从小到大，我喜欢用这种方式鼓励他。

有一次跟朋友聊天，他说女儿长大了，不让他抱了，表情那样怅然。我一震！我的儿子会不会有一天也不让我抱了呢？

小时候，爸爸在外地工作，妈妈一个人照料我们。田里的活、桌上的饭、身上的衣、脚上的鞋……家里所有事情都是妈妈一个人来做。印象中妈妈极少停下来跟我们聊聊天，更不用说拥抱一下我们。

爸爸每周六下午回家，周日下午回去。回来就跟妈妈一起干活，更是很少对我们有亲热的动作。

记得一次生病，妈妈过来摸摸我的头热不热，我开心极了，那只手是那样温暖！小时候，总盼着自己生病，总盼着妈妈过来摸摸我的头。

老公有时会问我："你看上我哪点了，怎么会嫁给我呢？"我都是左顾而言它："你脾气好，人体贴……"其实一个最主要的因素我一直没说。

认识老公半年后，一样的夜晚，一样的单身宿舍里，我俩凭窗观望，看外面的行人和灯光，有一搭没一搭地说着话。老公突然拥抱了我，我一阵晕眩……他身上散发出一种说不清的味道好有诱惑力，感觉很温暖！那一刻一直定格在自己的脑海里，那种温暖的感觉注定吸引着自己跟他一辈子……我没有对他说，我是被他"抱"回家的！

作为学生生涯的最后一个学期，曾经有一个男孩，跟我很聊得来。有一次，我们坐在马路旁边的一座小房子前，不知不觉聊到夜里十点半。虽然是夏季，还是有丝丝凉风阵阵袭来。我们之间有说不完的话，跟他一起聊天的感觉好极了！我暗想，如果他肯给我一个拥抱，我就改变主意……

男孩顾自说着话，凝望着天上的星星，回头看我的时候，目光聚焦在我脸上，始终没有注意到我抱紧的双臂……那时，我认为他是一个不懂得体贴的男孩儿。

多年后我们再见面时，偶尔谈到那一夜，他哇哇大叫："那个年代哪敢呀？都是时代害了我……"我们哈哈大笑，就像说一个笑话。

现在老公在看电视时，特别是电视上出现亲热的镜头，他会过来抱抱我说："来，抱抱我的老婆！"丝毫不避讳儿子。儿子听到这句话会以最快的速度冲过来，搂着我俩说："还有我，还有我……我也来凑合快乐！"

"凑合快乐"是儿子发明的一个词语，第一次听到儿子说这个词时，我们直接笑翻了天。

今年春节回家，我跟妈妈说："妈，我试试你有多重！"然后不管三七二十一，给了妈妈一个大大的拥抱。妈妈高兴的样子，幸福的表情……我永生难忘！

拥抱给我带来幸福，也给亲人带来快乐！拥抱是接纳，是爱的释放。还等什么呢？给亲人一个适时的拥抱吧！

情调男是妻子疼出来的

一天晚饭后,我和老公出去散步,老公像往常那样,只顾低头走路,始终一言不发,似乎多说一句话都是浪费。

大约走了五六分钟,遇到一对夫妇,一边指着远处的风景,一边说说笑笑,其乐融融,让人眼热。

我不无感慨地说:"唉!我怎么感觉自己是一个人出来散步呢?"老公不明就里,瓮声瓮气地说:"我不是人啊?"完了,再无下言,我的心情更加郁闷。

回想起恋爱阶段,因为喜欢看电影,老缠着他去电影院,如今想想真是失策。看电影不需要语言交流,看到动情处,他只需捏捏我的手,或者像我一样,用手帕拭去感动的泪水,就足以让我心动共鸣。

结婚后,一切都是陌生的。因为好奇,就向他问这问那,他家的故事,他家的亲戚,他家的习惯……关于他家的一切,他足足讲了一年的时间,我才记住并梳理清楚,日子过得新奇无比。

儿子出生后,奶粉、尿布、营养餐、家务……这些琐碎的事情,几乎占用了我的全部时间,根本没有心思去想老公是不是个闷葫芦。

如今孩子大了,到外地上学去了,家里突然空了许多。每天睁开眼睛,不用再看闹钟,急着起床给孩子做饭;晚上回到家里,可以随心所欲地开着电视,不必担心影响孩子做作业。人是清闲了,却感觉失去了些什么。再看看老公，每天有条不紊地吃饭、看电视，很少交流。之前有孩子忙着，也没注意，他的沉默寡言是从什么时候开始的。

已经走了两个路口了，老公越是沉默，我越是垂头丧气。无精打采的我突然看到路灯照射下，我们俩拖在地上的长长的影子，我灵机一动，立即喊老公停下，然后掏出手机，连拍了几张我们的影子的照片，有头碰头的，有面对面对望的，有一前一后一高一低的……当我调出照片给老公看时，他脸上的表情明亮了许多。原来就喜欢摄影的他，开始指着照片一张张点评起来。

我的心情一下子好起来。根据老公的指点，又摆了几个动作，拍下我们影子的合影。当我把我们的影子合影发到微博时，竟然引来许多朋友观望。很多熟悉的朋友留言说，羡慕我们老夫老妻的恩爱与情调。

看到朋友们的留言，突然感觉婚内爱情的最好表白其实不是语言，而是：始终牵手在一起！想起女友丽丽，倒是嫁了能说会道的英俊帅男李英杰，然而，却常常听丽丽抱怨，说李英杰整天在外应酬，比总理还忙，早已把家当成了旅馆。

男人再帅再会说话有什么用呢？他的帅气不是你一个人欣赏，他的语言哄乐的也不是你一个女人，你甚至都不知道他整天忙些什么，冷落自己女人的男人，会说再多的甜言蜜语也只是加深对身边女人的伤害。

有句顺口溜说：摸着老婆的手，就像左手摸右手。这说明婚姻中的男女，熟悉对方就像熟悉自己的身体一样。即使如此，适当的交流也是必需的，因为毕竟每个人都是独一无二的个体，不可能完全靠猜测推断出彼此的心意。

自从与老公拍下影子合影，引出他一些评论，我开始注意寻找我们共同的话题。偶尔我们也会关上电视上，一起跑到电影院看一场宽幕电影,我发现老公渐渐变得爱说起来。原来他并不是不喜欢表达,只是没有找到需要表达的话题而已。

如果说,把婚姻经营到天长地久是一种能力,那么,让婚姻内的男人不再懒语便是一种智慧。再好的风景没人一同欣赏,就是一种遗憾;再好的生活没人一同分享,就是一种凄凉;再好的夫妻如果无话可说,就是一种悲哀。聪明女人要懂得制造情调,给男人开口说话的机会,只有如此,女人才有机会分享他的感受、他的情怀、他的悲欢,乃至他的世界。

就这样和你慢慢变老

"老公,别忘了带'工作服'啊!"老公出差前我常常这样叮嘱他。

"好!"他总是笑着回答,然后过来捏我的鼻子。

"工作服"是我们之间的黑话。

"没见过这样的女人,不怕老公出轨,倒怕老公染病……"老公边嘟囔边整理行装。我便笑,发自内心的笑,诡异的笑……

曾经很热心地给他收拾行装。事先还列了清单,结果不是给他丢下这个,就是给他落下那个,"工作服"倒给装了好几件。后来我一说帮他整理行装,他便吓得直摆手:"谢了谢了!夫人是家长,是发号施令的,哪能劳您大驾呢?"从此,老公出差前,便是他收拾行装,我在旁边聒噪。

并非老公喜欢拈花惹草,也并非我不相信他的为人,只是现在社会复杂,我不敢确定他交往的所有人一定可靠。让他带"工作服"出门,与其说为了他的安全,更不如说是在提醒他注意。

我和儿子是伙伴关系,如果哪天不想做饭了,我就会问他:"帅哥,你想吃什么?"

新疆烤羊肉串、涮肥牛、铁板烧鱿鱼……儿子点来点去,总是这么几样。

"烧烤是垃圾食品呀!再想想。"

"那就无所谓了,去了再点。"于是打电话给老公。

"老公，今晚早点回来吧！想出去吃饭……不回来也行，被人抢走老婆孩子，后果自负！"于是老公驾车回来，载我们到酒店海吃一顿。

有时老公实在走不开，会说："老婆，你们自己去吧，放心好了，只有我会收留你们母子，谁让我善良呢！哈哈哈……"绝对坏笑。

我胆小，天一黑就不敢在外面闲逛，有了儿子胆还壮了不少呢！于是只好就近凑合一顿。

和老公相识是很老套的那种"媒人牵线"，总是遗憾不是在某年某月某一天，在某个山谷公主与王子一见钟情……

他脾气好，却不讲卫生，臭袜子到处乱塞，报纸看完随手一扔……看到自己辛辛苦苦忙了半天整理好的房间，被他这样"糟蹋"便火冒三丈。我的嗓门一高，他便一声不吭地溜到一边去，任凭你"河东狮吼"，他自岿然不动。常常搞得自己像演独角戏，很没劲，灰溜溜的，还得赶紧收拾屋子。

婚姻生活的平淡最是让人无法接受，有时需要刻意制造一些情趣调节一下。二〇〇三年，结婚十周年扫墓日（有人称结婚是爱情的坟墓，我们称结婚纪念日为扫墓日），我绞尽脑汁想了一招。

那天，他单位有位铁杆哥们打电话跟我说："敏，小心点了，你老公今天收到好大一束玫瑰花呢！"

"谁送的？"

"不知道，听说签名是'红粉佳人'，字体很秀气呢！"

我便笑："我老公怎么说？"

"他呀，开始还脸红，后来光笑不说话，美滋滋的……"

我笑得前仰后合。

他回来了，一大把红玫瑰举到我面前："送给你！"

我故作开心状，亲了他一口。

他坏笑："街上捡的，配你正合适……"

我气得咬牙切齿,刚要吹胡子瞪眼,他的嘴巴已堵住了话筒……

"我就喜欢你这样……"他笑。我也笑,我就喜欢他这样。

手机响了,短信传来:"天气预报:潍坊今夜到明天,晴转阴有小雨,南风四五级,7℃~17℃,昨日小雨未下足,明天后天又来补,降水较大少外出。老公气象台,2006年4月4日于河南新乡发布。"

"报告老公:据统计你已离家72小时32分52秒,什么时间回来?"我回复短信。

"嘻嘻……想我了?"短信传来,我不回,让他自己猜。

都说人到中年爱情变得平淡无奇,而我却觉得相处越久越有意思。老公,真的好想就这样和你慢慢变老!

大声说出"我爱你"

昨晚接到父亲的电话,说哥嫂去大连了,想让我开车送他回老家待两天,口气甚是小心翼翼。他"呵呵"两声赔笑着,仿佛很为难。我用近乎夸张的热情,连忙答应下来,内心不免感慨万千。

父亲在养育子女时从未因付出而感觉为难,总是竭尽所能给我们最大的帮助,默默奉献着自己的一切。当年老体迈,需要孩子帮助时,却是那般羞于启齿,那样于心不安,生怕给孩子添麻烦。

父亲的一生很不容易。我爷爷虚岁40那年不幸中毒去世。父亲当时正上高中,当送信的人传话让他赶紧回家时,他压根没想到会永远听不到父亲叫他的名字了。从学校到家60华里,他一边小跑往家赶,一边想着爷爷前几天还去看他,叮嘱他要好好学习,不要惦记家里。

父亲在家是老大,下面还有弟弟、妹妹。奶奶是普普通通的农村小脚妇女,除了哭什么都不会。父亲强忍悲痛,一面安慰奶奶,一面张罗家里的一切。那年他才19岁,一下子成了全家人的支柱。

父亲就此辍学,如何让一家老小吃饱穿暖,能够正常地生活下去成了他生命中最重要的事。父亲在老师的一片惋惜中告别了校园,好在父亲学习成绩好,找了个乡镇文书的差使,开始养家糊口。丧父、辍学、家庭的压力,父亲当年的痛苦可想而知。

父亲脚踏实地,一步步慢慢走来,走过那段灰色的岁月,这期间谁也帮不了他。他通过自学拿到师范专科的文凭，把原本支离破碎的家庭支撑了起来，天空的阴霾一扫而尽，重新呈现出蔚蓝的颜色……

直到今天，姑姑和叔叔都是近70岁的人了，父亲还是坚持年年给他们寄礼物，说他有义务照顾家人。他用自己的行为感染并教育着我们，让我们学会用爱感动生活，用爱感知世界，用爱缔造人生。

因为爱情，我曾不止一次对陌生男人说过"我爱你"三个字，而对生我养我的父亲却从未说过。是害羞？是含蓄？或者二者兼而有之。我突然想对爸爸大声说句"我爱你"，敞开心扉表达出一个女儿对父亲深深的眷恋，好让爸爸从此不再有顾虑。

母亲的短信

下午，正在单位忙得晕头转向，收到母亲的短信："上午好！"弄得我哭笑不得，连忙打电话给她问有什么事，母亲在那边哈哈大笑。不用说，她老人家在家闲得慌，又拿手机当玩具，发短信玩呢！

母亲的手机是去年我送她的生日礼物，她一直当宝贝似的贴身装着不离左右。以前，每逢过年过节，母亲看到我们的手机短信此起彼伏，祝福短信不断，很是羡慕。当时我就想，给母亲买部手机，也让她感受一下收发短信的乐趣。买手机的当天，我费了半天时间也没教会她发短信，母亲虽然上过几年学，但她所学的拼音知识早已还给老师了。手机有预存短语功能，我想干脆给她存上部分常用短语，这样她想发短信时，就可以直接调出来发送，而不必打字了。母亲一听很是高兴。"上午好！"就是我当天给母亲存的第一条短语，对于如何将预存短语发送出去，母亲倒是学得挺快。

还没等存第二条短语，朋友打电话说有事需要我帮忙，母亲一听急忙撵着我走了。当天晚上，就收到母亲发来的短信"上午好"，第一次收到母亲的短信，内容又是如此不合时宜，我和朋友笑得前仰后合。

后来，每次收到母亲发来的"上午好！"我就暗下决定，有空一定帮她再存些短信内容。结果每次见了母亲，只顾忙着"消灭"特意准备的一些可口食物，而将存信息的事忘得一干二净了，母亲也没有再提醒,一直用"上午好!"代表所有的问候。

这个周末,我又去看望母亲,一见面,她马上拿出给我留的无花果、板栗来慰劳自己的宝贝女儿。我抵制住美食的诱惑,说先给她的手机存一些信息再吃,母亲顿时眉开眼笑,兴奋地拿出手机,她说一句,让我帮着存一句。

"中午回家吃饭吧,我包了你最爱吃的韭菜水饺。"不用说,这是给我的。

"节日快乐!"

"无花果熟了。"

"出门在外,注意安全!"

"生日快乐!"

不知不觉存了十条,系统提示已达上限。母亲从头到尾看了一遍,满意地笑了。我看着母亲满脸盛开的"鱼尾",忽然有些心酸,母亲手机里存的哪是什么短信,分明是一个老人对于亲朋好友无尽的牵挂与满满的爱!

岁月流转

母亲在生下我八个月的时候又怀孕了，本来浓稠的奶水变得像清水一样，根本不能满足我的营养需要。于是，母亲干脆给我断了奶，开始喂我米汤和菜泥。母亲说我从小便像菜青虫，喜欢吃蔬菜，而且从不挑剔。

也许是因为母乳吃得少，也许是青菜吃得太多的缘故，小时候，我的身体非常虚弱，小脸从没像别的孩子那样红润过，总是又黄又绿。只要天气变化或者换季，我准会病一场。感冒发烧是家常便饭，而且肠胃不好，常常闹肚子。

有一次，我又吐又泻，三叔来看过，只当我又像往常那样消化不良，开上药便走了。谁知我病情越来越严重，连绿色的胆汁都吐了出来，后来开始昏睡不醒，母亲吓坏了，连忙打电话把在外地工作的父亲叫回家。父亲带我去了县医院，一查原来是食物中毒，幸好吐出来了，医生说再晚两天我会因脱水没命的。从那后，母亲更加小心翼翼，对我看护得更仔细了。时间久了，我也摸到规律，只要我说不舒服，母亲准给我做好饭吃。

那时父亲在外地工作，母亲一个人除了照顾奶奶和我们兄弟姐妹五个孩子，还要按时去干生产队的农活。而我没少用装病的方法骗母亲给我开"小灶"，有次妹妹"出卖"了我，母亲知道我装病欺骗她，恨恨地说："以后我老了就让你来服侍我，也让你尝尝伺候人的滋味!"

前阵母亲感觉头晕目眩,眼珠胀疼,而且眼圈发黑,我带她去医院。在做脑核磁共振检查前,母亲突然扯着我的衣袖,说:"你别走!在这陪着我!"那一刻,母亲很是惊恐,像个无助的孩子一样,眼里满是哀求与不舍。我征得医生同意,没有走出放射室,母亲这才安静地躺下,机器缓缓地送母亲到照射区,我的眼睛湿润了。原来高高大大的母亲,不知什么时候变矮了,而且变得异常脆弱,早已不是那个生病也不休息的挺拔的女人了。

初步诊断,母亲是脑动脉硬化、临界冠心病、高血压,医生开了十天的针剂。打到第三天,母亲便感觉精神多了,开始有说有笑。我按照医生的叮嘱告诉母亲哪些东西不能多吃,哪些东西不能再碰,生活中要注意哪些事项……说到最后,我都不记得自己一共讲了多少条。再回头看母亲,她一脸虔诚,不时点点头,像极了听老师讲课的小学生。

有天中午,我炸了一盘侄女爱吃的五香肉,放到外面餐桌上,当下一盘菜端出来时,正好看到母亲在偷偷拿炸肉吃。看到我出来,她不好意思的把放到嘴边的炸肉又放回盘子,像个做了错事的孩子。因为我跟她讲过,不许她再吃油炸食品。

我的心,蓦地有些疼痛。想起年少时,自己因为嘴馋欺骗母亲装病的事。而今,岁月流转,母亲像个懵懂的孩子,亦在儿女的监护下,变成许多年前,那个体弱嘴馋的我。

父母的星期天

与父母、哥哥、弟弟同城而居,因为平时上班都很忙,只有星期天才有时间去父母那里,陪二老干点家务聊聊天,看看二老有没有需要我们去做的事情。久而久之,星期天在父母家团聚便成了不成文的规定。于是,每个周末,成了爸妈最忙碌的时刻。

二老总在周末之前,就去超市买好鱼、肉、青菜等,将冰箱塞得满满的。每次进门,父母都很高兴,拿出他们提前准备的水果、瓜子等慰劳我们,仿佛儿女是凯旋的功臣。母亲甚至变得客气起来,说没什么好招待我们的。

包水饺是父母的拿手好戏。小时候家里孩子多,想吃顿水饺,母亲一个人要忙半天。所以,父亲不但学会了和面,包水饺的速度一点不比母亲逊色。儿时,父亲总盼着我们长大,替他包水饺,可惜这些年,我们上学、工作,直到成家立业,极少有时间在家。父亲干了一辈子中学校长,每次看到在外面极注重仪表的父亲弄得满身满脸的面粉,嫂嫂、弟媳就会窃笑。这时,父亲会自嘲地跟哥哥、弟弟开玩笑说,男人不要学包水饺,会了就要做一辈子,嫂嫂、弟媳更是忍不住哈哈大笑。如果我们说:"今天的水饺真好吃!"他们便喜不自胜,我们的喜欢就是对二老最大的奖赏。

如果哪个孩子打电话说周末有事,不能回家,父母总是回答,有空就来,没空就算了,正事要紧。可是,真正到了吃饭时间,父亲就会催促母亲打个电话，再核实一下，免得饭菜全摆出来凉了。如果哪个孩子，本来说好不回去，而后突然闯进家门，父母的脸上便会写满惊喜与歉疚："不是说好不回来了吗？你看，也没在锅里留饭，都凉了！"仿佛孩子没赶上吃饭时间，是他们的过错。如果哪个孩子家里只来了位"代表"，吃罢中饭，父母就会急急赶着他回去，将提前打包的水饺让"代表"捎回去，所以，即使周日不去母亲家，我们也能吃到父母准备的水饺。

渐渐地，怕他们累着，我们往往星期天一大早就要过去，一齐动手准备中午饭，父母脸上就会绽放着喜悦的花朵。一会儿逗逗外孙或孙女，一会儿过来"检查"我们的进展，双脚没有因为我们的参与而停歇，反倒显得更加忙碌了些。

偶尔，父母也会说，过个星期天好累，就像打仗一样紧张。我劝导他们说，星期天，孩子来与不来都不要放在心上，不要提前干这买那，孩子来了自然会去准备的，可他们依然如故。当我问为什么要将孩子平平常常的回家，看得如此隆重时，母亲头一昂，说："我愿意！"

一句"我愿意"道出了父爱、母爱的真谛：那就是无论孩子丑、俊、穷、富，他们永远不会嫌弃自己的子女，永远会将孩子当成宝贝一样捧在手心，愿意为孩子做任何事情，父母永远是孩子最忠诚的守护神！

孝敬其实很简单

我跟同事娟是好朋友，一起上班下班，形同姐妹。前几天连降大雪，天寒地冻，在路上，我总是希望快些回到温暖的家，而娟反而天天走到超市要停留一下，说进去买菜。我问，三口之家，用得着天天买菜吗？娟笑笑，说是给父母和公婆买的。

原来，因为天冷路滑，娟生怕年迈的父母和公婆"失足"摔倒，主动承担了日常采购任务，吃的用的，一应俱全。今天给婆家，明天给娘家，后天给自己家，难怪她要天天进菜市场。

我的脸不禁有些发烧。我的父母也已年过七旬，每天早上都会赶早市，买回各种蔬菜瓜果，每次去看望二老，他们总是以买多了吃不了为由，让我捎些回来。当时，只觉得他们贪图便宜才买多了，甚至有些不屑，哪里想到这是父母将对女儿的爱全部融入那一捆捆看似平常的蔬菜里呢？

细细想来，孝敬其实很简单，一个温暖的问候，一件小小的礼物，一双暖融融的棉拖鞋，甚至什么都不做，只坐下来跟他们拉拉家常，都会令父母乐在心里、喜上眉梢。

记得毕淑敏的《孝心无价》中有这样一段话："有一些事情，当我们年轻的时候，无法懂得。当我们懂得的时候，已不再年轻。世上有些东西可以弥补，有些东西永无弥补……'孝'是稍纵即逝的眷恋，'孝'是无法重现的幸福，'孝'是一失足成千古恨的往事，

'孝'是生命与生命交接处的链条，一旦断裂，永无连接。"

这段话对我触动很大，还特意做了笔记。从娟身上，我意识到自己的"孝"还停留在"纸上谈兵"的阶段。回头再看，有了更深刻的感悟，这段话已成为我日常行为的一种警醒。

相信在我们心里总有一处温暖永远难忘，那就是从小到大父母对于子女无微不至的关爱与呵护。而此时年老体迈的父母唯一聊以自慰的，便是儿女的孝敬和关爱了，哪怕只是微不足道的小小举动，都会带给他们莫大的欢欣。

不要再以任何理由忽略父母的需求了，抽空去帮他们打扫一下卫生，陪他们唠唠嗑、散散步，帮他们洗洗衣服，实在没时间就打个电话问候一声，给父母报个平安……孝敬就是这么简单！

出本书给爸妈看

经不起朋友的劝诱,我也自费出了一本书。自拿到书的那一刻起,内心一直很惶恐,毕竟自己写作时间并不长,积累也不丰厚,薄薄的书,像只丑小鸭,怎么拿得出手呢?

忐忑中先给父母拿去两本,爸爸妈妈人手一本,一个在书房,一个在卧室,神情之专注是我从来没见过的。我心虚地溜到厨房,以准备午饭为由,躲着不敢出来。

过了好久,我听到母亲来到书房,跟父亲说:"这孩子,写得这么真实,连我的眼泪都被看出来了。"父亲清了清嗓子却没有回答。我回到客厅,眼睛盯着电视,耳朵捕捉着书房的动静。不一会儿,父亲来到客厅,看得出他有些激动:"看了前几篇,其中写我的那个有点错误。"我一听,很是惶惑,连忙请他指出错在哪里。

"我是从21岁就开始当镇中心小学校长的,你写的是23岁,23岁时我已是全公社的中学校长了,还挂了若干个头衔呢!"

我一听,顿时有点蒙,看来,我对父母并不了解啊!母亲也随着父亲说:"我受的苦,你都写出来了,我……"没等说完,她又开始抹眼泪。我更加局促不安,甚至有些后悔不该让他们看。文字虽来源于生活,但也高于生活,怎么可能照搬呢?

爸爸转身回到书房,窸窣一阵翻动,再回来,手里捧着一堆证书。那一页页发黄的证书,是爸爸的各种证件、聘书,那是他生命旅程中的物证。爸爸还拿来他跟母亲的结婚证书让我看,然后开始滔滔不绝地讲述过去的故事。

  时间一分一秒过去了,那个中午,父亲的嘴巴像决堤的洪水,不停地诉说。母亲也在旁边不时地补充,两个人深情对视,沉浸在过往的岁月中,眼里闪烁着亮光。他们的兴奋无从掩饰。我突然意识到,作品的真实感很重要,文字只要不脱离实际,即使没有华丽的辞藻,也会在读者心中引起共鸣。刚才的忐忑一扫而光,给了父母这样一次倾诉与表达的契机,就算没有其他读者,这本书出得也值了!

父爱如书

小时候，父爱是一本小画书，不用翻开，就会被色彩斑斓的封面所吸引。于是，心甘情愿跟在后面，一刻都不愿意离开。而其中的画面充满趣味与智慧，展现出一个五彩缤纷的世界，令人痴迷，流连忘返。

犯错误时，父爱是一本法规书，不管触犯哪一条，批评之厚重都会令人望而生畏，同样的错，便不敢再犯第二次。只是，总有一处读不懂的地方，总有些条款模棱两可，比如每次被父亲狠狠地凶一顿，他又会轻轻地揽我入怀，那一刻我便有些迷惑，就像打翻水杯的孩子，却因此得到一杯蜂蜜水。从手足无措到惊喜万分，虽然读不懂其中蕴含的意味，但所有的委屈即刻消失殆尽。

遇到困难时，父爱是一本兵法大全，打开他，便没有解决不了的问题。与同学闹别扭了，父爱会教你用宽容化解矛盾；考试成绩不理想了，父爱是你找回自信、坦然面对挫折的加油站。那时眼里的父爱，威猛高大，无所不能。

长大后，父爱是一本名著，越读越有味道，越读越有内涵。不知不觉，效仿其中的章节；一行一动，带着父亲的影子。此时，我读懂了父爱，学会了感恩，最重要的，我知道不能读死书，懂得了让父爱的精华发扬光大，才是对父亲最好的报答。

父爱这本书千变万化，有时，是一本散文随笔，读来朗朗上口，轻松自然；有时是一本新华字典，浅显易懂，却可以相伴一生；有时是一本杂文集，虽然篇幅不长，但是内容丰富，充满思辨；有时又像诗歌，情感丰富，感人至深。

父爱就像一套丛书，集"严、慈、善、正、真"于一体，尽管其中的册子风格不尽相同，但你仍然会成套接受，因为无论缺了哪一册，对你来说，都是终生遗憾。

父爱这本书有时越读越厚，越读越像辞海，感觉高深莫测，厚实沉重；父爱这本书有时又会越读越薄，越读越精彩，越读越感动，总有一处余味无穷，叫人难以忘怀。

父爱如书，最终将成为一本绝版字帖，只能供人临摹，却无人能做到完全一致。所以，注定只能在崇拜中珍藏。

魅力老爸全家福

电视上正在现场直播"魅力爸妈"评选活动,我对那些活力四射的老人大加赞赏,他们载歌载舞,活得是那样开心,心想,我若有这样的爸妈该有多好。老爸撇撇嘴,不以为然地说:"会唱歌跳舞就是有魅力?你也太没品了!老爸我就是标准的魅力老人,不信问问你妈!"闻听此言,我和老妈哈哈大笑,让老爸说说他的魅力所在,老爸来了兴致,一条一条开始细数。

"魅力老人归纳一下不过三条:身体好、心态好、有担当。"老爸清了清嗓门,开始长篇大论。老人的身体好,子女就不必牵扯太多精力照顾他们,自己活得自在,儿女省心安心。"身体好"靠的是锻炼和有规律的生活,老爸每天按时作息,早起散步、打太极,回来的路上还不忘从早市顺便买些新鲜蔬菜。老妈不由得点点头,可不是嘛,自从老爸退休,买菜、倒垃圾这些活基本由他老人家承包了,省了老妈许多事。

"心态好"说明心理健康。人上了年纪,从生理到心理都会有许多变化。有些老人年轻时爱开玩笑、性情开朗,到了老了,却喜欢较起真来。别人一句不经意的话也会放在心上,常为一些鸡毛蒜皮的小事乱发脾气……这种现象就是老人心理有点不健康的表现。老爸一直坚持读书、看报,业余时间还学会了用电脑,上网看戏剧、听音乐、视频聊天……紧跟时代步伐,偶尔老爸会用"OUT"这个词形容老妈，老妈也总能从老爸身上发现新的东西。两个人和和美美，日子过得有滋有味，别人很容易就能从他们脸上看到发自内心的幸福与满足。

"有担当"这条我最有体会。前年我老公突发脑溢血，正当壮年的他突然倒下，运营中的公司不得不转让他人。当时我作为全职太太已居家多年，除了家务只会写点风花雪月的文字……面对躺在病床上的老公和正上中学的孩子，我感觉天都塌下来了，终日以泪洗面，愁眉不展。那段时间老爸天天过来看我们，让我安心照顾老公，说有他在，天塌不了，有他一口饭，我们全家就饿不着。好在治疗及时，加上一家人的悉心照料，老公很快康复，连医生都说恢复得这样好，完全是个奇迹。我知道，如果不是老爸在身边鼓励我、支持我，我就不会重拾信心，找到新的工作，开始新的生活。

家有魅力老爸，全家幸福快乐！

"一家亲"助父亲走出孤独

母亲去世对父亲的打击是巨大的，不到三个月的时间，体重轻了十多斤，人一下子苍老了许多。他常常将自己关在卧室，一待就是大半天。

姐姐提议让他回老家住一段时间，结果没几天，他就让弟弟把他接了回来。原来，父亲出去散步，每每碰到从前的邻居、朋友关切的问询，他就受不了。因为每次都要一遍遍重复母亲去世的原因、过程，甚至包括治疗方案，周围人的关心反而变成一种负担，他每复述一次，就等于揭一次他的伤疤，让他的心痛了又痛。

回到自己家后，父亲干脆将自己关在屋里，再也不肯迈出家门一步。看到父亲这个样子，如何让他老人家走出悲伤，更好地安度晚年，成了我们兄弟姐妹的一块心病。

先是嫂子，借着出国探亲之机，想带父亲出国看看上大学的孙女，借机散散心。护照都办好了，父亲又变了卦，说什么也不去了。年底，嫂子又让哥哥把父亲接到自己家里，每天陪他看电话、说话，结果没住几天，父亲吵着要回家，说不愿意给哥嫂的二人世界当"第三者"，不会做饭的他该怎么办呢？之前几次商量给他找个伴，他都坚决拒绝了，说自己能煮熟饭，实在不行就买着吃，可是长此以往也不是办法呀！

与父亲住同城的我，担负起给父亲做饭的责任。与父亲家有一个路口距离的早市非常繁华，他每天去赶早市，顺便买点青菜，是他最愿意做的事情。他总是天刚亮就去赶早市，及至邻居们起床准备外出时，他已在回家的路上了。尽管他还是不愿意遇到熟人，但也算走出家门了。

因为要工作，我并不是天天都有时间去给父亲做饭，父亲的饮食起居还是需要人照顾的。大概看我天天跑来跑去很辛苦，父亲最终同意给他找个保姆，以便让我安心工作。

过了一段时间，父亲又开始闷闷不乐了。他说，保姆只是解决了他的吃饭问题，不能解决他内心的孤独。他每天晚上只睡两个多小时，一遍遍回忆与母亲生活的点点滴滴，常常一个人偷偷地哭泣。这样下去，怎么行呢？

我们兄妹几个再次商量，我提议让父亲去老年大学学习一门课程，一则可以认识一些新朋友，二则可以分散精力，让他没有更多的时间胡思乱想。没想到，干了一辈子教育工作的父亲坚决不同意，这个提议便否了。

我又给父亲安装了宽带，教他上网，他也不是特别感兴趣。后来，嫂子建了一个"一家亲"微信群，我们兄妹几个尽管天南地北各居一方，但可以天天在群里留言，每个人的情况也了如指掌。

那天中午，大哥、嫂子和我在父亲家吃过中饭，哥哥拿过父亲的手机，给他下载安装了微信软件，注册了一个微信号，取网名叫"首长"，父亲就这样"被"开微信了，并且成功加入我们"一家亲"家庭群。

"首长"一露面，群内立即响起热烈的掌声。大家争先恐后地抢着加"首长"为好友，以实际行动向"首长"靠拢。弟弟迫不及待地提议：立即成立"一家亲"军事委员会，拥戴"首长"为本家军委主席，在外地上学的外孙、孙女则通过语聊等不同方式，向"首长"问好，请"首长"保重身体，继续当好"一家亲"的主心骨！并保证以后回家都要经常露面，向"首长"汇报日常生活，父亲的脸上，终于露出久违的笑容！

"剪"出幸福来

"这是你自己剪的吗?"

"是的!"

"你真了不起!这些剪纸透出一种'福'的祥和与温暖气息,很亲切,很喜庆!明年春节我也要你的剪纸做装饰品,先预定下。"

"没问题!"

大年初一,朋友来拜年,进门就先对走廊对面的一幅剪纸产生了兴趣。

一直希望有套房子,一套真正属于自己的房子,它不一定很大,但采光一定要好。我会在里面种几盆花,养几条鱼。没事的时候搬把摇椅坐在阳台上,听听音乐、看看书,累了侍弄一下花草,那是我最向往的幸福生活。

人到中年,终于如愿以偿,拿到属于自己的新房钥匙,真有些做梦的感觉。自己的名字第一次与房子有着密切的关系,内心满是快乐与满足。

找了搞家装设计的朋友,他的设计风格很符合我的喜好,清新的格调,淡雅的色彩是我所喜欢的。为确保装修材料的安全性,除了板材类大料由老公负责采购外,其他像壁纸、家具、床品、摆设等都由我自己挑选。每完成一样都有一种成就感,每次待在新房子看到自己的劳动成果都不想走,恨不得马上搬进去入住。但是,健康还是第一位的，无论商家承诺材料多么环保，还是坚持晾晒了几个月，直到春节前才搬了进来。

装修完毕，家里的存款所剩无几。看着空荡荡的墙壁，我决定亲手制作一些装饰品用以布置新居，左思右想还是选择了自己最有把握的剪纸。剪纸所用的材料家里原来就有，我根据墙面与家具布局设计好草稿，拿出剪纸工具便下手了。随着碎红纸屑不断飘落，大红"福"字、比翼鸟儿、静幽兰草……渐渐凸现出来。而后去商场挑选画框，亲自装裱起来，这个过程虽有些琐碎却非常愉快。

我把大红的"福"字挂在走廊正中，一进门就能看到。这是自己剪出来的"福"，倾注其中的不仅仅是精力与心思，更有对家的满腔深情。这是看得见、摸得着的"福"啊，是我剪出来的"福"字，它们凝聚着我对家的深爱与眷恋，是一段时光的印记。

凡是到我家的朋友都选择在"福"字前合影留念，说要沾沾我家的"福"气，我的心里别提多美了！

如果有"赡养假"就好了

当 71 岁的母亲查出淋巴瘤时,在我心里一向健壮如鹿、充满活力的妈妈,仿佛一夜之间猝不及防地老了。手忙脚乱地安排她住院,配合医生做各项检查,轮流陪床、做饭……我和哥哥、姐姐一下子忙乱到无序。

先是不能正常工作,面对躺在病床上的母亲,和家里不会做饭的父亲,我们兄妹三人根本无法安心上班。参加工作十几年来,极少请假的我,因为负责晚上的陪护任务,一改过去数年全勤的历史,不得不天天早走晚到,成了名副其实的"请假大王"。在县城的姐姐是教师,父亲宁可自己颤悠悠地到医院陪伴母亲,也不许姐姐请假,生怕耽误了那群天真烂漫的孩童们上课。为了两边兼顾,姐姐周五下午都是与同事调课,以便及早赶到医院,周日下午再赶回去。哥哥就更不用说了,与医生联络沟通、确定治疗方案等需要拿主意的事非他莫属,有时看我们都忙不过来,还要到饭店给全家人订餐。

看我们如此手忙脚乱,朋友出主意说花钱雇名专业护工,专门护理母亲。哥哥一听有道理,在护士的帮助下,终于觅得一位手脚麻利的中年妇女作为陪护。原本以为这样就可以解决白天的护理问题了,谁知,一辈子只知道伺候别人的母亲压根不好意思使唤她的护工,想大小便时,宁可自己憋着也不主动让护工给端便盆。

护工的工作时间是从早上 8 点到晚上 6 点,中午要管她吃一顿饭。每到吃饭时间,母亲做得最多的一件事是一个劲地让护工吃饭,还要问她喜欢吃什么,生怕亏待了护工。接连几天下来,我们不但没有感觉轻松,反而感觉更加费心了。没办法,不得不辞掉护工,继续由我们轮流陪护。

中国人向来有"养儿防老,积谷防饥"的说法。时至今天,社会逐渐进入人口老龄化时代,如何让老年人"老有所养、老有所依、老有所乐"成了急需解决的问题。"养儿防老"已不单纯是让老年人吃饱穿暖这么简单,更重要的是让老年人的生命质量提高、精神生活更加丰富。就像我母亲,她需要的不仅仅是陪护,更重要的是需要心安理得、了无牵挂的关爱。

"孝亲不能等",孝敬父母不只是一句口号,更应该付诸行动。孝亲需要子女的付出与努力,特别是时间上的付出,在衣食无忧的今天显得尤为重要。男女结婚有婚假,女人生孩子有产假,子女赡养老人不是更需要时间吗?如果有"赡养假"就好了,那样,在父母需要孩子照顾时,子女可以暂时放开工作,一心一意陪伴父母,对老年人来说,该有多么欣慰啊!

在回忆里忘记

妈妈去世将近两年了,至今不敢看或者说不愿意主动去翻阅妈妈的照片,仿佛那是一个很痛很痛的伤口,每次看到都像生生揭开结了硬痂的伤疤,顿时痛彻心扉。

早上,无意中翻到一张母亲去世前在医院病房输液时,我用手机拍到的一瞬,无缘由的泪流满面……对妈妈的思念一下子涌上心头,漫到无边。

童年,母爱的天空很蓝

从我记事起,我母亲便是整个家庭的顶梁柱,那时,父亲常年在外工作,十天半月才回家一次。母亲一个人既要照顾年迈的奶奶和五个年幼的孩子,又要下地干活挣工分换粮食,全家人的农活、家务就落在母亲一个人的身上。

爷爷去世早,家里穷。母亲天亮前就要到郊外树林里搂树叶、捡树枝,然后再回来叫我们起床,做早饭。拾的柴草当天烧不完,就晒着堆成垛,留着冬天烧。记忆中,家里的土炕总是暖烘烘的。

母亲手巧,拿着本《服装裁剪》书就敢给我们做衣服。小时候每到换季,哥哥、姐姐总有新衣服穿,他们穿小的,就会穿在弟弟、妹妹身上。脚上的鞋子也是母亲一手缝制的,她边看书边用卡纸做

"模样"。这样每次做鞋时，只要照"模样"稍放放尺寸，就能给我们做出合脚的鞋子了。

村里的好多大娘、婶婶都喜欢跟母亲讨教。有时干脆讨要一幅"模样"，回去"照葫芦画瓢"。母亲总是极认真地根据她家小孩的情况，适当放好尺寸再给她们。

家里有了缝纫机后，母亲更是成了义务缝纫工。常常有人送一块布料来，说给老人或孩子做件衣服。母亲总是一脸受宠若惊的样子，连夜赶出来。若是衣服做的肥了或瘦了，人家说将就着穿吧，母亲就一脸对不住人的样子，连说："拿回来我再改改……"

小时候，我家养了两头猪、一院子兔子。母亲干完田里的庄稼活，顺便带一筐青草回来喂它们。我们放学后也要去拔草喂养它们。

记得一年夏天，我放学后照旧跟小伙伴们到河边割青草。刚割了一点，不知谁说看见一条鱼从水面上飞过，我们放下镰刀，呼啦啦跑到河里找鱼。找来找去，最后变成我们在水里无拘无束地嬉戏打闹。

天色渐渐暗下来，我们才上岸。看看筐底的一点青草犯了愁。其中一个伙伴怕回家挨打，急急团了一团带树叶的树枝，垫在筐底，然后将青草盖在上面。嘀！一点青草转眼变成满筐！

我们都仿效着在筐底垫了些树枝，然后忐忑不安地回家了。

母亲接过筐子喂兔子，我赶紧溜到屋里去……

再出来时，母亲已背起筐子出去了。我羞愧难当，后悔自己下午贪玩让母亲受累。

母亲回来后，边吃饭边对我说："记住做事要诚实！你这样投机取巧很不好，耍小聪明会害了你自己……"

诚实成了我的座右铭！

那时，有母亲的地方就有温暖，母爱的天空很蓝。

少年，母亲是一棵参天的树

1981年，教师家属农转非，我们全部跟着父亲进了城。

原来在农村时还有田，至少不愁吃，加上父亲每月将薪水交给母亲，在老家还算是富裕的。现在全家只靠父亲一个人的工资供我们吃饭、上学、日常开支，日子过得很拮据。

四十多岁的母亲只在家待了一小段时间，便出去找临时工干。

先是在表哥的煤球加工厂干保管，表哥和母亲成了上下级关系，再也不叫她"姨"，只喊她"老顾"（我母亲姓顾）。母亲一点都不在意，说："我这把年纪谁还要我去做事？你表哥这是对咱家的照顾……"

母亲在家除了洗衣、做饭，还糊"壳子"。在学校家属院的围墙上一层布、一层糨糊一遍遍地糊，晒干后卖给鞋厂做鞋底用。

校园的垃圾箱里，时常会有学生扔掉的馒头，母亲边叹气边捡回来喂鸡。

好多人不理解，一个堂堂的校长兼书记的夫人，整天忙着糊"壳子"、捡馒头，他们对此嗤之以鼻，就连我们当时也觉得丢脸。母亲丝毫未在意别人的眼光，依旧为这个家贡献着自己的力量，依旧支撑着我们，不知受过多少委屈。

我们常感动于"春蚕到死丝方尽"的无私和"蜡炬成灰泪始干"的奉献，但没有一种"无私与奉献"能与母爱相提并论；我们常赞叹作家"妙笔生花""文韬武略"的才华，但没有一个作家、没有一种语言能将母爱全部描述……

母亲不但给了我们生命，还给了我们心灵的慰藉与情操的熏陶。那时的母亲就是一棵枝繁叶茂的大树，在外是栋梁，在内是台柱，夏日里为我们遮阳避雨，冬天里为我们遮挡风寒。

中年，母亲是一朵寂寞的花

我们兄弟姐妹渐渐长大了，各自有了自己的家庭，为了更好地照顾父母，我们商量把已过退休年龄的父母接到潍坊居住。离开了熟悉的生活环境，母亲就像一朵寂寞的花朵，默默地开放着。

记得有一次在我单位门口，刚好碰到妈妈，她一个人低着头踟蹰前行，表情是那么寂寥，那么木然……我的心蓦地一缩，放慢车速，摇下玻璃窗向她招手。妈妈眼神一亮，随即向我摆摆手让我快走，我知道她是怕我迟到，我们甚至没来得及说一句完整的话便擦肩而过。

整个上午，妈妈那落寞的表情一直在我脑海盘旋，似有针刺在心，隐隐作痛。那阵因为第二十四届潍坊国际风筝会筹备工作太忙，没有及时过去陪陪她老人家，晚上回到家倒头就想睡觉，连电话都懒得打。我们兄妹五个早已成家立业，一个个从她身边走远了，妈妈的牵挂却一直追随着我们的脚步。

自从父母搬来潍坊定居，我们再次感受到家的温暖与便利。中午看看食堂千篇一律的饭菜，便没了食欲，不由自主地跑到妈妈那儿蹭顿饭吃。奇怪的是，每次她都好像知道我们要去似的，饭菜永远准备得足足的。后来才知道，妈妈生怕我们回去没饭吃，每个中午都会多做一些，如果我们不去，她和爸爸就把中午的剩饭剩菜当作晚饭温热了再吃。

每个周末，妈妈都会早早和面剁肉包饺子，等着孩子去大快朵颐。我们平时极少动手做面食，都是买现成的吃，甚至家里一年半载都不买一袋面粉，父母家成了我们最可心的"饭馆"。有时也克服想睡懒觉的诱惑，早早去跟妈妈一起动手包饺子，她的脸上便如绽放了一朵花一样灿烂。如果哪个孩子周末没去，妈妈必定让别人给捎一碗饺子送去。

每次见到妈妈，她都会嘘寒问暖、问这问那。多数时候会坐下来跟她唠叨几句，有时急着走也会武断地打断她，一句"您别操心了"或"好了，好了，我还有事"就算回答完毕。在妈妈那里总能感受到爱的温馨与暖意，她喜欢我们分享她的劳动成果：一顿热腾腾的饭菜，一包用心为我们准备的小礼物——一盘可口的小菜，一瓶韭菜花酱，一碗鲜香味美的饺子；孩子没人照料时，放在妈妈那里扭头就走……我们享受着妈妈给予的这些看似不起眼，实则倾注了她对子女的一片爱心时，哪里意识到她已是年近古稀，也需要别人照顾的老人呢？想到这里，我的心里有种厚重的愧疚感！

有一段时间，妈妈跟我说，她想家了，想回高密老家了。我说，这里房子比老家大，家具比老家新，生活条件比老家强，子女又在身边……哪里还有想家的道理呢？那一刻，我心绪茫然，不知道该如何做才能排解她的思乡情绪。只能说，要不你回去住些时日吧，反正老家的房子闲置着……其实，我知道，我的劝慰是多么苍白！

凡是内心深处的东西，不一定多么贵重，只因为她在那里倾注了自己的心血，倾注了自己的真爱，所以才会显得格外珍贵！老家在妈妈心里，绝不是房子大小这么简单的理由，就能抹去她的深深眷恋。那幢旧楼里的所有物件、陈设，所有花花草草、点点滴滴，哪一件不是凝聚着父母全身心的爱在其中呢？哪一件不是留存着一段生活的温馨或辛酸呢？房子里的那些东西之所以成为妈妈的宝贝，正是因为它们是时光的一段记忆，是真实生活的一些印记，有深挚的情感在里面。

我知道父母是孤单的，尤其是妈妈！原来在老家还有一帮舞伴一起跳舞、赶集、说话，自从来到潍坊就没了那个环境，而且她也不善于融入周围的人群中，妈妈一直是寂寞的！

每当看到小区公园里跳舞、扭秧歌的人群时，妈妈总是说：哎！我的身体怎么就没劲了呢？原来在老家时晚上跳舞跳到十点，回家洗个澡很快就会入睡，现在不行了……这时，我会鼓励她加入那支跳舞的队伍，偶尔她也会过去跟着跳一段，却找不到与原来舞伴交流的快乐感觉，所以，她并不太热衷参与。妈妈现在整个生活的重心，全部的生活乐趣就在于儿女工作之余绕膝带来的片刻欢乐和她为儿女尽力而为所做的一切。妈妈太孤单了！我甚至开始怀疑，当初大家决定让父母举家搬迁来到我们身边是不是正确的选择。

春节过后，妈妈病了，整整挂了十天吊瓶。我虽一直陪床在侧，却没有为她做过一顿饭。因为那段时间孩子还没住校，中午要回家吃饭。挂完吊瓶就十一点了，妈妈一直不让我送她上楼，不让我为她做饭，她怕我儿子在家等急了，说小孩子正是长身体的时候，不能误了吃饭和上学。

每当想到妈妈晕乎乎地打完针还要回家自己做饭，我的心里就不舒服！爸爸不会做饭，天天从外面买现成的。哥哥曾提议给他们找个保姆，妈妈说他们还这么"年轻"，不想过饭来张口被人服侍的日子。妈妈心态年轻比什么都好，这事就放下不提了。妈妈以前曾说过外面的饭菜不好吃，没有家的味道，不养人。为了让我们安心，妈妈硬是说爸爸买的饭好吃，她喜欢吃！我知道妈妈此时是多么需要家的味道呵！而我能做到的，只是尽可能地帮她做点家务，跟她唠唠嗑，内心深感做得很不够！

不知从哪天起，妈妈开始写日记了。有一天，我偷偷翻看了她的日记本，日记写得很简单，大多只有一句话——

2008 年 10 月 18 月
今天没有一个孩子来，没有接到一个电话，哎！

2008 年 10 月 25 日
今天的饺子孩子说有点淡，下次多放一匙子盐。另外,姜末剁得再碎些,宝宝说吃到姜想吐。

2008年12月20日
今天又是周末,头很疼,我强打精神起来做饭,好在孩子们没有看出来,否则又要担心……

我再也看不下去了,心酸的泪水渐渐模糊了双眼……此时的妈妈,就像一朵寂寞的花朵,独自吐露着芬芳,每日在期待中盼望着孩子回家团聚。

当"生离死别"不再是一个词语

2012年10月12日,母亲因病医治无效永远地离开了我们,母爱的天空登时失了颜色,

没有什么比眼睁睁地看着亲人离去却无能为力更叫人无助无望的了,没有什么比失去母亲更令人痛心的了,没有了母亲,我们从此成了没娘的孩子,那心便空落落的没了驻地。因为再没有人能够替代母亲的位置,无论如何努力都不能让生活恢复如初。母亲的离开,成了全家人的心伤。

昨天凌晨,梦到娘帮我拉紧衣服,并且轻轻拥抱了我……拉衣服的动作很模糊,但潜意识就是怕我冷而出于母爱的本能所能有的动作……妈妈的爱,我从没误读和怀疑过,无论做任何事,我都坚信她的本意是好的,是出于爱……醒来发现自己双臂抱胸,胳膊露在被子外,已冻得冰凉。娘真的走了,除了梦中片刻相聚,娘再也不会出现在我面前。但是,无论何时何地何情何景,娘从来都是保护我的角色……

我亲眼看到母亲被人送进了火炉,当妈妈的白骨从焚灰炉里缓

缓地退出来时，奇怪的是，那一刻没有悲伤，反倒有些心安。我不知道为什么会有这样的感觉，或许，这是我们的宿命。我们每个人迟早都会化为一缕青烟、一堆白骨，这些，大概就是通往天堂的通行证吧。

也许，没有悲伤，是因为伤已入骨！心安，一半是自己为亲人做到该做的，一半是痛得麻木！有很长一段时间，我不相信母亲真的走了，总是幻想她会在某个时刻突然出现在我们面前。反倒是两年后的今天，一想起母亲，泪就会不自觉地涌出！这痛，无法言明！

母亲的离世，我才知道"生离死别"真的不再只是一个词语，而是一场悄然无声的告别，更是一场刻骨铭心的陨落。

太阳每天照旧从东方升起，日子总得过下去，极少有人能看到别人的悲伤与无助。关于痕迹，从没想过要抹除什么，熟记与淡忘的区别，也只是一种心态而已。所以，我们不得不学会一种东西——微笑面对，假装什么也不在意，扬扬头，把过去刻意忘记。

终于在两年后的今天，妈妈去世后的惧黑、惧梦、惧思的状况已经好转。

在回忆里忘记，只这一句，又是一段旅程……

我教儿子学花钱

从儿子3岁起,我每月都给他一定数量的零用钱,并且专门给他建账,按月签名领取。我还给他规定了零用钱的用途。

1. 自己看好的玩具可以买。

2. 大人上班不能及时赶到家,可以自己垫付买饭吃(但不许从小摊上买),回家后由妈妈补偿。

3. 亲朋好友的生日以及其他节日礼物自主决定。

4. 一定额度的零食由妈妈来支付,计划外的自己承担。

5. 经大人同意可以透支,由妈妈代付,但要从下个月零用钱中扣除。

6. 额外收入,如亲朋给的零用钱、压岁钱、红包……一次性超过百元,超出部分由妈妈代存教育储蓄,百元以下的,自己留用。

有了这些规定,儿子跟我到商场时很少缠着我要这要那。家里添置什么,他也积极响应,生怕我们忘记他手里还有钱似的。

偶尔也会被他"骗"着为他额外付出一些,最典型的方式就是他喜欢跟你合作。

老公生日,儿子之前好几天就盘算着买这买那,最后却说:"妈妈,咱俩一起给老爸买礼物吧,这样显得我们俩亲近!你想想,母子共同祝老爸生日快乐他不是更高兴吗?"当我说一人出一半时,他摇头晃脑地说:"妈妈,我跟你说,2036年有颗小行星要撞地球呢!那时我们说不定会被小行星撞到,你想,人都没了,钱还有用吗?别那么小气,你出80%好了……"我被他逗乐了,心甘情愿与他"成交"。

有段时间儿子成了小财迷,别人给的钱他一点不舍得花,逢年过节,也成了儿子嘴里"发财的好日子",外公、外婆给压岁钱,一看超过百元钞,儿子总是悄悄地对他们说:"你分期给我好了,剩下的暂存在你这里,多了我花不了……"这是儿子的小心眼,他怕超过百元被我"另存"呢!而不熟悉的朋友给他,他便没有这事。

有一次,我故意把他喜欢吃的一个大芒果藏了起来,直到烂了才拿出来。儿子看到直喊可惜!我趁机对他说,你手里的钱不花,迟早会跟这芒果一样,没有任何价值的。钱是用来流通的,储蓄一点备用可以,但一直攥在手里,钱不能发挥作用,便没有任何意义。

从那以后,儿子掌握一个原则,手里的钱最多留50元钱,超过部分便开始想办法花出去。街头乞丐乞讨、学校组织捐款,儿子一般是最积极的。前不久,他有一同学得了脑瘤,儿子看看钱包里的钱有些为难,说要提前预支半年的零用钱,全部捐给同学。还说如果没有钱,他的同学便只能等死。看他难过的样子,我说你不用提前预支,妈妈跟你一起捐。我们一起凑了个吉利数666元,儿子眼含泪花拥抱了我……

教孩子花钱不但没有让儿子大手大脚,反而培养了他的主人翁意识。儿子掌管着自己的零用钱,也学习着为人处事。孩子的成长离不开家长的引导,教会孩子花钱,给他树立正确的人生观与价值观,让他感知到人生价值的真谛,鉴别正确的行为准则,从而实现自身价值。

让太阳从西边出来

刚开学,多少有点担心儿子因假期玩得自在,一下子会不适应。所以,非常关注他放学回家的一举一动。

第一天放学回来,儿子就滔滔不绝地讲,各科老师全换了,新的班主任要求很严格,每天三百字的日记,外加五十字的描红……否则怎么怎么处罚。看得出儿子对新老师有些抵触心理,我便给他讲道理,鼓励他一番,让他接受现实并争取也成为新老师眼中的好学生。

儿子听了半天然后跟我说:"妈咪,你也别说了,今天就让太阳从西边出吧!"

"什么意思?"我有些愣了。

"还用说嘛,我现在就开始做作业……"原来如此!我松了口气,摇头笑了。儿子原来都是晚上做作业,下午放学一般是找同学尽情地玩。我一直主张他学习的时候认真些,玩的时候尽情玩。

老公送给儿子一个新的文具盒作为新学期的礼物,儿子高兴地过来问我:"妈妈,爸爸有没有给你买礼物啊?"

我说没有,儿子摇摇头说:"妈妈好可怜啊!新学期都没人给你送礼物,我帮你找爸爸要去……"看他一本正经的样子,我被逗得哈哈大笑。他还真找老公给我要礼物了呢!不过,他也在老公面前装了回好人,因为回头也向我要了件礼物送老公,这小子!

今天放学回家看得出他有些兴奋，上来就给我戴高帽："我知道妈妈是世界上最好的妈妈了，最厉害了！画画、剪纸这点小事绝难不倒您老人家的……"

只要儿子给我戴高帽，他准有事求我。我笑眯眯地看他表演，果然，最后他终于说出老师挑了十几位同学做手抄报，准备展览。儿子一直不喜欢画画，所以常找我指点。我还是那句话，指点可以，休想让妈妈代劳。

儿子今天出奇地缠人："妈妈，连这点小事都不帮儿子做，还当什么妈妈？干脆随便找个小狗、小猫当妈妈好了……不要把帮儿子做事看成是负担，就当是你上学时高高兴兴地……这可是艰巨而神圣的任务啊！"儿子说话一套一套，我被他说笑了。

孩子的各科作业还是如数布置，一份手抄报要做好，至少要用一二个小时，看来今晚我要陪儿子熬夜了。哎！谁让咱不想让他随便找个狗啊猫啊把自己给替换下来呢？！

"好吧！就让太阳从西边出来吧！我可以和你一起做。"我决定破例一次，跟儿子一起完成这份手抄报，儿子一听，高兴地差点蹦起来。

手抄报是美化班级环境，进行品德教育，培养学生综合能力，提高综合素质、陶冶情操的一种方式。我边做边跟孩子讲述手抄报的布局、格式、美化等知识，儿子对我更是敬佩有加，当他用夸张的语言，表扬我做得棒时，我感觉太阳真的从西边出来了！

儿子的眼泪（外四）

儿子的眼泪

下午，儿子突然过来拥抱了我："妈妈，我想哭！"说完故意拖着长腔"呜呜呜……"哭起来。

我扳过他的肩膀，他不好意思地笑了，眼里分明闪着泪花。

"怎么了宝贝？跟妈说说。"我抱着他。

儿子一本正经地说："刚才看书，我想起了《苹果树》。"《苹果树》的故事是我前段时间带他去听的一个讲座内容，是说有一棵苹果树好爱一个男孩，它为了满足男孩的需求，把自己所有的果子、树枝、树干统统奉献出来，最后只剩下一个树墩，还对前来看它的男孩说，如果愿意，可以在树墩上坐坐……那棵苹果树正是父母的化身，儿子看到最后早已眼泪汪汪。

"宝贝懂事了，知道父母的无私和奉献。这很好！想想你该如何对父母呢？"我俗不可耐地趁机给他讲课，灌输如何做才是爱自己的父母。儿子在我怀里待了好一会儿，又看书去了。

儿子情感非常丰富。记得他三岁时，我和他一起看动画片《小蜜蜂》，有一只小蜜蜂为了找到妈妈，到处飞来飞去，遭遇许多风雨磨砺。每当看到小蜜蜂在找妈妈的过程中受到其他动物的欺负，儿子都是眼含泪花,哽咽着去打电视屏幕上的那些"坏蛋"。

从小到大,儿子哭过无数遍。饿了哭,尿床了哭,理发哭,被大人批评了哭,磕伤了哭……唯有他看书看电视随着主人公剧情的哭在我心里引起强烈的震动,从儿子的眼泪中,我看到一个善良、正直的小男子汉形象,这让我无比欣慰。

偶　像

刚在某报上发了篇小文,老公笑嘻嘻地过来亲了我一口调侃道:"老婆,你真是我的偶像,你太有才了!我封你为才人!"我大跌眼镜,结婚十多年,不要说正宫娘娘,竟然连妃子都算不上了!

这时旁边的儿子说:"老爸,我太崇拜你了!在咱家只有你是我的偶像!"

老公双目贼光闪亮激动万分:"哈哈!好儿子,过来让爹抱抱!"老公幸福地抱着他就亲。

儿子挣扎着:"我还没说完呢!你真是我的偶像,呕吐的对象!"

增　胖

别人都在想方设法地减肥,我却为不能胖一点而发愁,老公说:"咱不是优良品种,浪费了粮食吃瞎了饭。"我下决心胖上十斤,用事实堵他的嘴巴。

昨天我正往嘴里塞着零食,电视上在播一个人在七十二天内减肥30千克的故事,儿子说:"妈妈,我为你看看如何增胖。"

我说:"分明在讲如何减肥,你怎么说是增胖呢?"

儿子说:"我按他相反的方法教你做不就行了吗?"

只剩一个男人

老公出差，我带 10 岁的儿子去超市采购，儿子尽情地挑选着自己喜欢的东西。回来的路上，还主动抢着拎包。

我调侃他说："小王子，我发现只要咱俩一起逛超市，你就特高兴，还特别积极主动。"儿子立马带着哭腔，一脸悲惨状说："老爸出差，家里就只剩我一个男人了，我哪有理由不主动啊？"

谁的家长

儿子期中考试成绩不错，8 门功课 8 个 A。

他的班主任打电话约我在家长会上发言，谈谈如何配合学校做好家庭教育的。我辛苦了一个晚上，精心准备了 3000 字的发言稿，演讲果然成功，赢得掌声雷动。

回家后，我得意地向老公描述着我的成功，儿子在旁边慢悠悠地说："妈妈，知道同学们为什么给你的掌声最响亮吗？并不是你讲得多么好，那要看你是谁的家长。"

向孩子示弱

自从儿子出生,家里便有了"皇帝",我和老公自不必说,他的爷爷、奶奶、外公、外婆就像商量好了似的,全部以儿子为重心,要风给风要雨给雨,舍不得拒绝他的要求。特别是公公,虽是退休老师,"惯子如杀子"的教育理念在自己孙子身上自动失效。儿子被浓浓的爱包裹着,养尊处优,渐渐养成自私、霸道的个性。

两年前,婆婆一病不起,她没有工作,也没有医保,躺在医院每天花钱如流水。公公没有多少储蓄,我和老公也没攒下多少钱,日子一天天拮据起来。半年前,医院再次通知该交费了,能借的亲朋早就借遍了,没办法,老公只好从单位上借了几万块应急。

从那以后,老公的工资便没有到手过,全部被财务扣发用于偿还债务。公公的退休金用于给婆婆买补品,家里只靠我一人的工资,勉强维持生活。为了不影响孩子学习,家里的困境我们都没有告诉他。他只知道奶奶病了住院,却不知道我们承受着身心的双重压力。

一天,他放学回家,跟我说要买辆"捷安特"山地车,说同学都骑这个牌子的。一问价格,要一千多块,我便摇头拒绝了。

儿子不依不饶,说我小气,扭头就要去跟爷爷要。我连忙拦住他,不许他再给爷爷添堵。儿子阴着脸根本不听劝阻,眼看就要挣脱出去,我气急了,忍不住边掉泪边凶他:"你怎么这么不懂事?!家里早就债务累累了,你知不知道?!"

儿子一愣,我边哭边跟儿子说出实情。儿子似乎不相信似的,呆在那里。半天,才说:"妈妈,你别哭!我不要了!过年收的压岁钱我还没花,全给你吧!"我抱着儿子,痛痛快快地哭了个够。

像大多数父母一样,我们总喜欢在孩子身边扮演强者,充当保护伞的角色,却独独不向孩子示弱。孩子没有看到"弱势长辈"的样子,根本不知道在这个世上,长辈也是弱小的,也有无能为力的时候。长辈习惯给予,孩子习惯索取,"无情"不是孩子的错,错在长辈没有给孩子"逞强"的机会。

家有小儿乐趣多

昨晚因看到一篇文章《婚前，你敢把日记拿给恋人看吗》，我随口问坐在旁边的老公："你的初恋是谁？"

"我不知道，我没有初恋。"老公一脸茫然。我便讪讪地说："奇怪，我怎么也没有一场刻骨铭心的初恋呢？"

十岁的儿子听到后急急地说："我知道，我知道！老爸的初恋是老妈，老妈的初恋是老爸，我是你们俩爱情的结晶！"

我哈哈大笑，逗儿子："爱情的结晶是怎么来的？"

"小意思，就是老爸身上的东西给了老妈，老妈的肚子起了化学反应，然后就变成一个小孩，生出来就成了我！"儿子大声回答。

我笑得前仰后合，老公忍着笑强烈制止我再问下去，我只好笑着拍拍他的脑袋："宝贝真聪明，快去做作业吧！"

才几天，儿子牙牙学语蹒跚学步的情景尚清晰如昨，今天儿子的个头已快赶上我了；才几天，还要手把手教他吃饭穿衣，现在他会对你说："今天外面超冷，妈妈多穿件衣服！"；才几天，还在教他背儿歌猜谜语，今天他竟然置疑易中天揭秘的《三国演义》："晕了！火烧赤壁明明只有八十万大军，干吗号称百万雄师？"儿子是"三国"迷，小小年纪已看过三种版本的《三国演义》了。他对其中的人物如数家珍，玩游戏《三国群英传》没少用其中的战术。

儿子从什么时候开始悄悄长大了？

三岁时，决定与儿子分房间睡，他不肯，拉着我的衣角说："妈妈，我不长了，我永远三岁！"一副耍赖皮的样子。

　　四岁开始换牙，因为儿子的乳牙老退不掉，里面的恒牙长出来都被乳牙顶歪了，只好带他到医院找医生拔掉。后来，有一天中午我们在酒店吃饭，儿子又有一颗牙掉了，满口的血，他用手捏着那颗小牙不舍得扔，含着眼泪说："妈妈，省了五块钱……"他眼泪汪汪却一本正经的样子，至今记忆犹新！

　　五岁时，老公要去澳洲公干，儿子兴奋地搂着我的脖子说："太好了，太好了……爸爸走了我跟妈妈结婚！"

　　上学了，我和儿子共同建立了一个《笑话大全》，上面记录了我们当天听到的笑话或者认为有趣的事情，儿子还在上面贴了他喜欢的贴画进行装饰。那是儿子和我的笑话记录，也是我们全家经常爆笑的引子……

　　家有小儿乐趣多，没有什么比看到儿子慢慢成长，一点一点在进步更令人快乐与满足的了！

陪 考

　　昨晚电闪雷鸣，震天动地，半夜惊醒，久久难眠。

　　今天儿子择校考试，到达东明学校时才7：15分，离8：00考试还有一段时间。

　　雨后的校园清爽、静谧，树叶落了一地，校园显得有些凌乱。沿着曲曲弯弯的林荫小道前行，草丛里不时会看到积水。拿出包里的相机，拍几张校园风景，儿子也给我拍了几张照片，是远距离的侧影。如此美丽的校园景色，自己宁愿变成其中一个小小的剪影。

　　我喜欢拍照，从小就喜欢。有人说，喜欢拍照的人有自恋倾向。自恋有什么不好呢？总比自私、自负、自欺、自杀要好吧？

　　校园的宣传栏记录着学校过往的精彩与辉煌，篮球架寂寞地矗立在草场上，塑胶球场被洗刷一新，红的跑道更红了，绿的足球场更绿了。有只小蜗牛兀自在满是泥沙的小道上爬行，不！也许对它来说，那是在奔跑也未可知。

　　我看到一只玩具猪，浑身湿漉漉地趴在篮球架下，不知哪位粗心的小主人将它遗忘在这里。这只粉嘟嘟的小胖猪依然咧着嘴露出可爱的微笑。

　　转到教学楼前，正面醒目地摆放着一块公告栏，上面详细列出新生报名考试地点及新学期收费标准。时间差不多了，有老师过来招呼考试面试的同学上二楼的初二、三班教室。

一楼大厅里的人陆续多了起来，每个同学身边都至少有一位家长陪同。孩子上楼后，家长们进进出出，有的打电话，有的在闲聊，更多的是围在公告栏前，七嘴八舌地向旁边的老师咨询。

此时，我的儿子及许多同学在二楼开始答卷。我对儿子是有信心的，但也微微有些忐忑。放假快两个月了，他一次都没看过书，会不会把学到的东西忘记了呢？他昨天还拍着胸脯跟我调侃道："放心吧！没问题！你以为我会像姓马的那位敏姐姐一样笨吗？我的脑袋好用着呢！"这个调皮的孩子在戏说我呢！偶尔他会喊我"大姐"，喊他爸爸"大哥"，我们的关系更像是伙伴。

太阳出来了，我坐在大厅的一角。这里排了一堆桌椅，是从一楼教室搬出来的。那些教室的墙壁正在粉刷，脚手架和涂料等就摆在大厅的另一角。我看到一个人很面熟，可怎么也想不起他姓什名谁，直到起身走到院子里溜达，我们打了个照面，才哈哈一笑寒暄一番。终于记起了，他是我原来学校的电脑老师。

第一场考试结束，数学和英语。儿子下楼来，老远就看见他在笑。我招呼他过来问他考得如何，他蛮有把握地说："每科100分，另加10分的思考题，估计两门220分没问题。"听他这样一说，我顿时心花怒放，还有什么比听到这个消息更令人振奋的呢？不过，这只是他自己的感觉，结果究竟如何，还要看最终分数。

分数，分数，难道分数真的能分辨出谁是好学生，谁是差学生吗？哎！中国的教育制度改革还有好长的一段路要走吧。实在不想对此说什么了。无论家长与孩子，与地上爬行的那只蜗牛有什么区别呢？我们背上的负担会比它身上的壳轻吗？

时间过得越来越慢，11：23，儿子终于下楼来，从他轻松的表情我似乎看到了结果。我俩说说笑笑向外走,这才感觉到好饿呀!赶紧找个地方好好吃一顿吧!

后记:最后一批报名的择校生中,儿子以总分第一名的成绩被录取,至此,我心里的一块石头终于落地。今天他已到学校报到,他将在这里度过三年的中学时光,愿他快乐,进步!

成为孩子的朋友

儿子今年中考,像许多家长一样,生怕他考不上高中。所以,每次放学回家,看到他打开电视或者有同学约他一起出去玩时,我几乎本能地都要去阻止,让他去看书或做题。"临阵磨刀,不快也光"是我的口头禅,懂事的儿子从不反驳,而是默默地走回房间,只有他紧皱的眉头,无声地流露出他的不满。

有一天,我无意中翻看了儿子的日记本,上面毫不掩饰地记录了他的压力、烦恼与不满。当看到"妈妈,你能不能不像个老板一样命令我??我快崩溃了!!"这句话时,我的心里"咯噔"一下,不由得一惊。原来,在我看来很平常的督促,竟然对孩子造成如此大的压力,孩子在日记中还说他不快乐,说不想长大,希望回到童年,回到他小学时期。

我深深地反省起来,平心而论,儿子从小到大,在班里的学习成绩一直名列前茅。小学三年级时,因为我的工作变动,他跟着转学。生怕他不适应新的环境,对学校或老师生有抵触心理,我便及时跟新校老师沟通,儿子有什么困惑,也及时向我诉说。那段时间,我时刻关注着儿子的情绪变化,抽空就陪他聊天、玩游戏,就像他的朋友一样,关心他爱护他。儿子很快适应了新的环境,学习成绩并未受到影响。

直到上了初中,儿子的成绩一直比较平稳。从初二下学期开始,不知为何，他的学习成绩时好时坏，开始波动起伏。虽然仍在班级前列，我却开始担心他。要知道，考不上高中，拿钱事小，如果失去信心，他接受高等教育的机会就会大受影响，直接关系到他的前程。于是，我变得像某些老板一样，见不得员工偷懒，每次见儿子想玩，都会督促他去学习，导致他今天的压抑与不满。

我蓦地意识到，儿子现在的烦恼与我成长过程中的烦恼如出一辙。在小学阶段，之所以我能做到像朋友一样待他，是因为感觉他还小，成长的空间很大。而现在，我却用成年人的眼光，将他的学习成绩与前程联系在一起，过早地让他承担成年的压力，无意中成了孩子的对立面。其实，他已尽力了，我又何必给他施压，苦苦逼他做他不想做的事呢？

从那后，我不再一个劲地督促孩子学习，不再苛求他做一些事情。笑容重新挂在儿子脸上，很灿烂。其实，只要孩子知道努力，只要他每天都有所进步，家长不必像个老板那样盯着他。即使孩子不优秀，也没关系，因为，成为孩子的朋友才是做父母最大的成功！

把选择权留给孩子

高考成绩出来后,我迫不及待地查看了孩子的成绩分数段,根据往年该分数段的录取情况,挑选了几所大学,并把这些学校的简介、招生简章、往年录取平均分数线等详细资料打印出来,供孩子参考。

没想到,孩子扫了几眼我打印的资料,漫不经心地放在一边,这让我有些不快。说实话,选择这些学校,我也是颇费了一番心思的——从学校的资质到社会名气,从就业前景到地理位置,也是左右权衡之后做出的选择。从一个成年人的角度来看,这样的选择无疑是最优的、最合逻辑的、成本最小化的。然而,自己的一腔热情与辛苦,换来的竟是孩子的不屑,内心的恼火可想而知。

我耐着性子开始向儿子灌输我所选择的正确性,儿子听完我的长篇大论,问道:"妈妈,你知道我喜欢什么专业吗?你知道我选择一所学校的原因是什么吗?"我摇摇头,表示不解。

他说:"我选择的都是我喜欢的专业,我所选择的学校,都是这些专业教学成绩最好的,而且这些学校的录取分数线,也符合我的水平,都是有把握被录取的。这些学校的社会名气虽不如你选择的学校,地理位置也比较偏僻,但并不代表实力就差。在最棒的专业老师那里,学习自己最喜欢的课目,我一定会非常开心,学习积极性一定会很高,这样的选择有什么不好?"

听完孩子这些话，我不由得心头一震。在我心里一直认为还是不谙世事的儿子，已经长大了！他说的不仅理由充分，而且合情合理，这让我又惊又喜。我决定放权给儿子，让他彻底做主，以后要走什么样的路，也由他自己来选择。

当我撒手旁观时，儿子有些拿捏不准的事，反而开始向我请教了，这又让我看到了儿子谦虚的一面，我不由得庆幸自己没有做个包办一切的武断家长。

很多时候，我们做家长的在选择面前总是喜欢避害趋利，带有一定的功利性，全然忘了在孩子的眼里，世界是美丽多彩的，他们有着自己的梦想与追求。把选择权留给孩子，让他们用自己的眼睛看世界，用自己的脚步丈量脚下这片土地，用自己的双手创造未来，未来一定会带给他们更多的惊喜与快乐！

闲聊母子快乐多

每当说起孩子,朋友都很羡慕我,说我有个健康阳光的好孩子:学习成绩优秀,非常懂事,知道尊老爱幼。从小到大,我从没像别的家长那样,不是给孩子报辅导班,就是盯着孩子做作业,连看电视都得避开孩子的学习时间。回头想想,我这母亲当的还真是省心,如果一定要找出什么不同,只有一点,每天晚上,无论心情如何,我都会心平气和地跟孩子闲聊最少十分钟。

聊天的内容不外乎这么几项,问他今天过得开心不开心?有什么收获?学校发生了什么事?对自己的表现是否满意?有没有需要父母帮忙的事情?随着孩子的叙述,他这一天的精神状态、学校的新闻事件、孩子之间的故事和他的看法、他所上的课程以及对自己一天的总结,我就记在心里了。而我也会把自己的收获和听到的开心事,讲给孩子听,我们的交流大部分时间都是非常愉快的。

如今孩子都上高中了,我们依然保持这样的习惯。因为这个习惯是从他上幼儿园时就养成的,所以我们之间的交流非常自然,孩子不会感觉我是在盘问他,我也一直当他是个独立的个体,非常认真地回答他的问题,听取他的意见。孩子的内心世界是个宝藏,我常常为他的进步而开心,为能走进他的内心世界而幸福。

闲聊看似平常,实际上传递了许多非常有价值的信息。孩子的开心与否能引出背后令他情绪波动的事由,让我知道他的感受和价值观。说出各自一天的收获，会让人产生成就感，增加自信心。讲述学校新闻事件与同学之间的故事，是培养孩子的观察能力和责任心，不让他漠视身边的一切。知道他在学校一天上了哪些课程，孩子会在讲述的过程慢慢梳理自己的学习情况，重温课堂场景，记忆更有条理性。而问他有没有需要帮助的地方，实际上是告诉他，学习是他自己的事情，但他有问题可以得到别人的帮助，教他学会求教，借力提升自己。

与孩子坦诚闲聊，增加了我们之间的信任感。信任让彼此更快乐，分享让快乐变得更多，闲聊让孩子的身心更健康。

自画像

铃兰,至今没法给自己定义年龄的女人。生理年龄若干,心理年龄未成年。

高兴时,铃兰就像个孩子一样天真,一样撒娇讨巧;不高兴时,也会像个孩子一个翻脸、使性子,让人下不了台。

铃兰最大的优点是善良,总是把别人往好处想。即使遇到一些意外情况,也相信那终究是一个意外。铃兰有一颗悲悯的心,对于弱者有着先天性的、掩饰不了的同情。心中有爱,与人为善,心存善意,是铃兰为人处事的主流方式。

铃兰崇尚本真与自然,特别讨厌虚伪的人和事。铃兰不会讲场面上的貌似高尚高调的应酬话,越是人多的时候,她越是沉静。她会躲在某个角落,悄悄分享着别人的精彩表现或表演。当然,欣赏并不意味着认同,得到铃兰认同的人或事,必是符合天道、顺应道德规范,或者符合人性的要素。

在任何单位,铃兰都是实干派,最看不惯的就是那些凭嘴皮子或做表面文章讨好领导的人。铃兰属于越挫越勇型的,越是艰难时刻,她越是镇定。铃兰是急脾气的人,为人直爽,处事坦荡,偶尔会给人急不可耐的印象。铃兰自我定义为辅佐型人才,个性使然,铃兰最喜欢给一个思维意识超前、行事雷厉风行、光明磊落的领导当下手,铃兰可以为其呕心沥血不遗余力甚至赴汤蹈火。当然,铃兰也有愚忠情结,即使在不具备她心理目标标准的领导身边,铃兰也会尽心尽力做好分内的事，区别就在于，在这样的领导身边，她的主观能动性会大打折扣。

铃兰另一个显著特点就是喜欢学习，并把学习当成终生的事业来做。铃兰聪明伶俐，上学不多，但她会从自己所处的位置及岗位需要，主动从理论或实践中去学习相关知识，并且不用很长时间，就会让人感觉她是此行的资深从业者。事实上，学习让铃兰受益匪浅，一路走来，从一个工厂的普通女工，到与文化沾边的图文编辑，是她学习过程的一个个见证。

铃兰感情丰富、细腻、对于爱、温暖这类的字眼没有拒绝能力。她爱憎分明，爱上一个人的时候，情感真挚、充沛，激情四溢；如果不爱，连敷衍都不会去做。铃兰虽其貌不扬，心性却极高，一般人根本入不了她的法眼。当然，也有人说她清高，事实并非如此，只是她点燃爱火的燃点比较高而已。所以，铃兰极难真正爱上一个人，如果爱了，必是深爱。能够真正走进铃兰灵魂深处的男人，必是优秀的、与众不同的，他可能不符合世俗的评价标准，但必符合铃兰的审美情趣与志趣。铃兰爱上一个人的时候非常投入、持久，用别人的话讲，铃兰爱上的男人，谁要说他不好，她会跟谁急；谁要说她眼光不好，她会鄙视谁。铃兰爱上的男人，哪怕在世人眼里是恶魔，是坏蛋，只要还在她心里，他就是铃兰的神，她就决不允许别人品头论足，别人说什么她也不会去理会。铃兰与世俗的标准从来就格格不入，所以看铃兰的感情必须用超人的眼光才行。活了大半辈子，能够走进铃兰内心的异性不过一二，其他都是烟云，匆匆过客。

铃兰爱好广泛，读书、画画、写作、旅游、上网、发呆、做白日梦……对于新生事物总是兴致盎然，日子对她来讲，每天都是新的。所以，她很少感觉生活有乏味的时候。铃兰尤其喜欢做梦，从小到大，她有无数个梦想。小时候，梦想成为作家，希望能写出惊世佳作，扬名天下；中学时代，爱美的年龄，天天对着镜子摆出各种表情，梦想成为明星，在镁光灯下闪耀着炫目的光彩；参加工作后，梦想嫁个白马王子，过着如花似玉的幸福生活；再后来，不再相信灰姑娘果真会得到梦寐以求的水晶鞋，开始懂得若不努力，所有的梦想只不过是水中花镜中月。于是，努力着，打拼着，将身边的事情做到极致。人到中年，铃兰的梦想变得越来越现实。已渐渐学会放弃，放弃一些根本无法实现的梦想，放弃过多的功利追求，放弃影响自己健康的食物，放弃成为不可能成为的人。现在，她开始注重心灵的充实，读书、品茶、远足、静思……世界在她眼里依然绚丽多姿，却逐渐放弃追逐，变成一个享乐者。

骨子里铃兰是很自卑的一个人，自卑不是与生俱来的。第一次感觉自卑是从老家农村搬到城里。在老家一直拔尖的铃兰一下子被更多优秀、出众的同学淹没，新同桌口口声声说她是农村来的蛮子时，第一次感觉到那种不能融入集体的孤单与寂寞，她自卑了！于是铃兰拼命地学习，刻意学城里人的样子说话、走路，变得越来越像城里人了，却常常感觉迷茫。现在的自卑是因为人到中年，整日忙忙碌碌却碌碌无为，没有任何可圈可点之处，既不能给别人什么实质性的帮助，也不能给人带来任何荣耀，感觉自己很没用。但铃兰的生命旅程又担负了那么多责任，看来上帝有时也有打盹的时候。她常常想，上辈子自己一定是个罪大恶极之人，今生所有的苦难都不过是上帝给她机会赎罪。所以，铃兰选择承受，选择悦纳，选择不悔。

铃兰最大的遗憾是长得太丑，对于天生丽质因羡慕不已而望洋兴叹，最最遗憾的是没能上大学，丑女人又腹无诗书，一想就知道多么粗俗不堪。铃兰最大的缺点是由自卑生出的过于自信，就算明知自己是丑女人，仍然自以及为是天下最美的女人，自信得有点自负。铃兰最骄傲的是她的不卑不亢，在任何人面前铃兰都是一个德行，不会阿谀奉承权贵，更不会无缘无故看不起任何人，在她眼里，人与人是平等的。当然，她最看不起的人也正是用不平等眼光看人的人。在铃兰心里，人没有高低贵贱之分，如果她蔑视谁，定是因为此人违反了这个原则。

铃兰为人热情、真诚，懂得感恩，你对她好一分，她会以十分来回报；如果你对她不好，她也只是对你敬而远之，不会像有些人一样耿耿于怀，甚至暗中使绊。铃兰常常对那些曾经默默帮助过她的人心存感激。生活中，这样的人很多，在他看来不经意的一个善举，却给了铃兰莫大的鼓励，给了她向上的无穷动力，哪怕他是无心的，铃兰喜欢把这种帮助与感恩传递下来，习惯平易近人，愿意帮助那些比自己弱的人，而且非常体谅平常人的心情。铃兰觉得这才是对那些帮助过她的人最好的感恩！

　　有人说铃兰谦虚，有人说她骄傲，铃兰自我定义为谦虚与骄傲的混合体。在谦虚的人面前，她比你还谦虚；在骄傲的人面前，她比你还骄傲。用一句白话说：你高她比你还高，你低她比你更低，铃兰的谦虚或骄傲也是因人而异的。

　　铃兰是个热心肠的女人，如果不是能力不及，无论是谁有求于她，她都会尽心尽力去帮助别人完成心愿。当然，铃兰也是个睿智的女人，她有一双会透视的眼睛和超强的第六感与判断能力，能够透过三两件事就把一个人一件事看穿，所以，在铃兰面前最好有一说一，有二说二，跟她耍花招的人最终吃亏的是他自己。在人际交往中，她的处事理念是："人不犯我，我不犯人；人若犯我，我撒腿就跑，溜之乎也（潜台词：不跟神经病患者一般见识，否则，人家会分不清谁有病）。"铃兰与世无争，谁争她都不屑。

　　铃兰就是这样一个人，一个生活在社会最底层却又不甘沉沦的人；一个对精神的追求重于物质的人，一个自以为以积极向上的姿态不断追求完美、追求生命质量提升的人；一个捧着一颗不设防的心示众，哪怕受到伤害也不改初衷的人。铃兰知道自己很卑微，卑微到没有恨的情感。铃兰善待生命中的每一位过客，无意伤害任何人，也原谅伤害她的人。所有经历的一切，铃兰都看作是上帝的恩赐，无论精彩与否，都将伴她终生。